ハヤカワ文庫 JA

〈JA1210〉

宇宙軍士官学校
—前哨《スカウト》—
9

鷹見一幸

早 川 書 房

7672

目次

序章……7
1　侵攻……19
2　生存……50
3　帰還……79
4　法則……101
5　焦燥……140
6　光明……167
7　消耗……196
8　継続……227
9　帰郷……260

かつて、地球上を一周するだけで世界一周と呼ばれた時代があった。

宇宙軍士官学校
―前哨《スカウト》―
9

序章

地球の赤道上、高度約三万五千七百八十六キロメートル。アフリカ大陸の中央から少し東にずれた位置にある転移ゲートの管制室から見る地球は、宇宙に浮かぶ青い球体に見えた。

――もし、過去の地球人が、自分たちが暮らしている天体を宇宙から見ることができたら、きっと〝地球〟とは呼ばず、〝海球〟や〝水球〟と呼んだだろうな。

予備管制官のサンリッジは、そんなことを考えながら、目の前の外周監視モニターに視線を走らせた。

彼がいるのは、アロイスが地球に持ちこんだ三基の大型転移ゲートのひとつ〈アジーン・ゲート〉の副管制室だ。

ゲートが浮かんでいる軌道は傾斜角0度、離心率0、公転周期二十三時間五十六分。俗に静止軌道と呼ばれ、かつては地表の雲の動きを写す気象衛星や、地球の裏側に電波を中継するための通信衛星などが、ひしめきあっていた軌道である。

だが、銀河文明評議会から与えられたフローターコイルの普及により、この軌道よりも地球に近い軌道上で、地表と同じ速度で飛行しても、地表に落下する心配がなくなったため、気象衛星や通信衛星のほとんどは低軌道に移行しており、現在、この静止軌道上にあるのは、アロイスが持ちこんだ三基の大型転移ゲートだけである。

アロイスは転移ゲートを静止軌道上に置いた理由を、〃わかりやすい位置〃だからだ、と説明していた。確かに〃地球の赤道上にある静止軌道〃と言えば、ひとつしかない。軌道の位置や、その軌道への移動計算をするのも楽である。集合や脱出地点を指定する場合、誰でも知っている場所、ランドマークを指定するのはセオリーだ。

サンリッジの目の前にあるメインモニターに映し出されていた質量変換の数値が動き始め、モニター上部に、注意を促すアイコンがまたたき始めるのと同時に、感応端末から、〈アジーン・ゲート〉の統括管理官であるアロイスのネハレムの思念が流れこんできた。

『まもなく脱出船クバルが亜空間より転移してくる。クバルは、ランマー級小型スペースコロニーをもとに設計された、地球時間で約六カ月生活を維持できる自給生態系を持つ生活型脱出船である。収容人員は二十万人。船体の直径が千メートル、全長八千メートルを超える大型船であり、その質量は、この転移ゲートを通過できる最大許容量にほぼ等しい。

クリアランスを大きく取ることができないため、実体化後の質量固定にかなりの時間を要するものと思われる。転移終了まで、亜空間の固定に留意し、重力波の数値を一定に保つことに傾注せよ』

その簡潔で的確な思念を受け取ったサンリッジは、感心した。

――アロイスの思念は、何をすべきか、何に留意すればいいのか、そしてそれはなぜなのかを実に簡潔にまとめて送りこんでくる。地球人の思念伝達は、情報が前後していたり、欠落していたり、個人的な感情が関与していたりすることが多くて、まるで子どもと話しているような気分になることがあるのとは大違いだ。

きっと脳内にある意識の段階で、何を伝えればいいのかをまとめる能力に長《た》けている。それだけ理性的に考える能力があるってことなんだろうな。

今、地球は粛清者の侵攻を控えて、迎撃態勢だ、避難シェルターだ、脱出船だ、と大騒ぎになっている。こういうときに、要所要所にアロイスがいてくれるのは、本当にありがたい。

一カ月前、地球連邦政府はアロイスに対し、国家主権の譲渡にも等しい直接支援要請を行ない、アロイスはそれに応えた。

アロイスは以前から、指導者層と先端技術部門に対して少数のオブザーバーを送りこんで指導を行なっていたが、そういった間接的なアプローチを取りやめて、地球上のあらゆる現場に管理要員を送りこんで、地球人を直接指揮して運営を行なう方針に切り替えたのだ。

地球に送りこまれてきたアロイスの管理官は約一万人に及んだ。太陽系は近いうちに必ず粛清者《しゅくせいしゃ》の侵攻を受ける場所であり、間違いなく戦場となる。脱出計画がまにあわなければ、彼らは地球人と運命を共にすることになる。だが、彼らはそれを承知のうえで地球にやってきたのだ。

彼らは管理者としてではなく、共に作業に従事する〝働く管理者《プレイングマネージャー》〟として、次々に現場に飛びこんできた。

サンリッジは、外部モニターに映る、宇宙空間に浮かんだ巨大な構造物に視線を飛ばした。それは、三日前から建設が始まった〝長城《ロングウォール》〟と呼ばれている構造物だった。

月の表土を削り、それをブロック状に加工して、マスドライバーで射出し、宇宙空間に巨大な石壁を造る計画だ。

粛清者がモルダー侵攻のさいに使用した恒星反応弾を、地球侵攻時にも使用する可能性があるということで、太陽の表面爆発の高エネルギー粒子の奔流を少しでも防ぐために計画され、急ピッチで建設が進んでいる。

三日前には、何もなかった宇宙空間に、今では長い帯状に小さなブロックが並んでいるのが見える。

──あの工事現場には、何万人もの地球人作業員と、何千人ものアロイスと、何万もの作業用ドローンが働いているはずだ。とはいえ、たった三日で、あそこまで造るとは思わなかったな……。

そんなことを考えているサンリッジの思念を見透かしたかのように、ネハレムの思念が飛んできた。

『第二管制室！　ゲート外周のデブリ防護スクリーンの範囲が拡大されていない！　脱出船クバルのサイズを考慮し、もう少しクリアランスに余裕を持たせよ』

『第二管制室、了解！　申しわけありません、船体サイズの二割増しで計算したのですが……では、三割増しに拡大します』

モニターの隅っこの通信ウィンドウに映る、一見すると女性のように見える、端正な顔つきのネハレムを見て、サンリッジは思った。

──雌雄同体のアロイスをどう扱えばいいのか、いろいろ不安もあったけど、基本的に、バリバリの有能な女上司だと思っていれば間違いはなさそうだ。

サンリッジは、急いで防護スクリーンのサイズを拡大した。

巨大な転移ゲートを包んでいるうす青く光る皮膜のようなスクリーンが、シャボン玉を膨らました時のように、ふわっと広がっていく姿が映し出された。

宇宙船は、それぞれ自前の防護スクリーンを装備しているが、ゲートを使って転移する時は使用できない。したがって転移ゲートから出てくる船は、すべて無防備な状態に置かれている。船体全体が転移ゲートから出て、質量転換を終えて実体化するまでは、ゲート側の防護スクリーンで、飛来するデブリなどからゲート全体と転移してきた船舶を保護しなければならないのだ。

サンリッジが、防護スクリーンの有効出力を確認し終わった時、モニターの中に重力波上昇を告げるサインがまたたき、音声と思念で重力波による次元断層が形成されることを告げる警告メッセージが繰り返し流れ始めた。

やがて鏡のように滑らかだったゲート内部に、まるで風が吹き渡ったかのような細かいさざ波が広がり始めた。その波は、見る見るうちに大きく波打つようにゲートの中央から周辺部へと同心円を描いて広がっていく。

空間の揺らぎを示す波の高さは、次元断層を通り抜ける質量の多寡《たか》によって左右される。円環状のゲートの中の空間は、大波のように揺れ動き、それに従って、サンリッジの前にある各種のセンサーの表示も目まぐるしく変わる。

——話には聞いていたが、こいつは想像を超える大物だ。今まで扱ってきた輸送船や、戦闘艦とは比べものにならない質量だ。

『転移次元断層形成完了。固定化シークエンスに移行開始』

『重力波制御装置出力最大』

『質量変換開始！　重力波変動値を一定に保て！』

サンリッジの意識の中に、感応端末を通じて情報と指示が次々に飛びこんでくる。

やがて、ゲートの円環の中央の揺れ動く空間に、何かが姿を現わした。それはゲートの内径とほとんど変わらないほどの大きさを持つ、巨大な明灰色の円盤だった。

ゲートの中央に出現した円盤は、そのまま円筒状の船体となって、空間のゆらぎの中から、ゆっくりと進み出てきた。船体と転移ゲートの内径とのあいだにある隙間は、ほんの数十メートルだろう。

――ネハレムの言うとおり、こいつはクリアランスを取るのが難しい。重力波の制御に失敗して船体がゆらぎ、ゲートの構造物に接触すれば大惨事だ。

サンリッジは緊張しながら、脱出船の転移を見守った。だが、船体はどんどんこちらの空間に延びてくるのだが、終わる気配がない。

作業の前に、脱出船は直径千メートル、全長八千メートルという超巨大な船体を持っている、というデータを知らされていたが、実際にそのサイズを目の前にすると、その大きさはサンリッジの想像を超えていた。

ゲートを出て、機能チェックを行なう待機空間に向かってゆっくりと移動していく巨大な円筒形の脱出船を見ながら、サンリッジは思った。

――たしかにこいつは宇宙船じゃないな。航行能力を持たせたスペースコロニーだ。考えてみれば、人口二十万人を収容するってことは、地方都市をまるごとひとつ収容するのと同じことだ。

地球連邦政府とアロイスが立てた脱出計画は、これと同じ脱出船を二千五百隻使用し、五億人の地球人を太陽系外に脱出させることになっている。つまりおれたちは、こいつと同じ船体を、全部で二千五百隻迎え入れなけりゃならない。その二千五百隻すべてに避難民を詰めこんでも、それは地球上の総人口の一割に満たない。

軌道エレベーターで衛星軌道まで上がってきた避難民を、この脱出船に乗せるのはおれたちの仕事じゃないが、それにかかる時間は膨大なものになるだろう。そして、脱出が完了するまで、粛清者が来ないという保証はない。

まにあわないかもしれない。自分たちがやっていること、このすべてが無駄になるかもしれない。もしかしたら、今、この瞬間にも、粛清者の転移攻撃を告げる警報が鳴り響くかもしれないのだ。

その焦燥感の入り混じった不安は、常にサンリッジの意識のどこかに潜んでいた。いや、それはサンリッジ一人が抱いている不安ではない。この〈アジーン・ゲート〉で働いているすべての職員、そして地球防衛及び脱出計画に従事するすべての人間が抱えこんでいる不安でもあった。

『脱出船クバルの防護システムが再起動しました。待機空間から出ます』

管制官のメッセージと共に、巨大な円筒形の船体が、うす青く輝く光を帯び始めた。

サンリッジは、帯域空間全体に拡大して展帳《てんちょう》していた防護スクリーンを、一段階縮小させた。

「ゲート防護スクリーン、一段縮小。各システム、すべて異常なし！」

サンリッジの報告が終わるのと同時に、ネハレムの思念が返ってきた。

『ご苦労さまでした。脱出船クバルの転移シークエンスは、とどこおりなく終了しました。次の脱出船エタルの迎え入れは三十分後です。各システムの自己点検プログラムを起動し、待機してください』

「了解です」

サンリッジは、口頭でそう答えると、システムに自己点検プログラムの起動コマンドを打ちこみ、大きく息を吐いてシートの背もたれに身体を預けた。

——やれやれ、なんとか無事に脱出船の受け入れが終わったか……これからあれと同じことを、二千五百回繰り返すのかと思うと気が重いが、まあ、習うより慣れろで、そのうちに緊張することもなく、淡々とこなせるようになっていくんだろうな。

ぼんやりとそんなことを考えていると、目の前にあるモニターのパーソナルウィンドウに通信アイコンが現われて点滅した。通信相手は、同僚のデュオだった。

サンリッジは、自己診断プログラムの進捗《しんちょく》状況を示す表示に視線を投げ、進捗率を確認してから受信キーを押した。

通信ウィンドウが開き、画面に映った三十代の黒髪のラテン系の顔つきの男が、笑いながら話しかけてきた。

『よう、どうだ？　脱出船を見た感想は』

「でかい……その一言《ひとこと》につきるな。二十万人が生きていくってことがどういうことなのか、その意味が実感できたよ」

『二十万人という数字を見れば結構な数字に思えるけど、地球の総人口からすれば、ほんのひとつまみくらいのものなんだよな。このあと同じような脱出船が次々に送られてくることになっているが……粛清者の侵攻が始まるまでに脱出計画が完了すると思うか？』

サンリッジは首を振ってみせた。

「そんなことを聞かれても、答えようがない。おれは予言者じゃない。未来が見通せるなら、こんな宇宙でオペレーターなんかやってないで、地球で競馬でもやっているさ」

デュオは、苦笑いを浮かべた。

『そういえば、昨日、実家にいる姉貴と通話したんだが、おれが転移ゲートのオペレーターをやっているということを聞きつけた連中が、〝あいつは真っ先に逃げたくてオペレーターになったに違いない〟とか、〝親族を優先的に逃がすに違いない、ずるい〟と文句をつけてきたそうだ。〝オペレーターは最後までゲートに残って、脱出船を送り出すのが仕事だ〟と言っても、信じてもらえないと愚痴《ぐち》られたよ』

サンリッジは、ため息をついた。

「人間というのは、自分を基準に物事を考える生き物だからな。欲望と損得でしか動かない人間は、他人もそうやって動くものだと思いこんでいる。プライドとか矜持《きょうじ》とかで動く人間が存在していることが理解できないんだ。ほら、〝飢えた犬は肉しか信じない〟って格言があるだろう？　それと似たようなものさ」

『そうか、そういう連中は飢えた犬だと思えば、腹も立たないな。可哀想に思えるだけだ……わかった。姉貴にそう言っておくよ』

「でも、そういう話を聞くと、少し心配になるな……地球の人々が我先に脱出しようとしてパニックを起こしたら、脱出計画がめちゃくちゃになる」

『ワールドニュースとかにアロイスが出演して、脱出計画と退避シェルターへの収容計画について何度も説明しているし、データベースも完全に公開されている。秘密にしていることなんか何ひとつないのに、頭から嘘だと決めてかかって、陰謀論を振りまわす連中があとを絶たないのはなぜなんだろうな？』

「おれはおまえらの知らないことを知っているすごい人間だ、そう他人に思わせたがる人間がそれだけ多いってことさ。自分を大物に見せたがる小物は、陰謀論を振りまわしたがるんだよ」

『なるほど、おまえの説明は実にわかりやすいな』

デュオが、そう言って笑った……その時。

オペレータールームに、聞きなれない警報音が鳴り響いた。

サンリッジは背もたれから身を起こすと、コンソールのキーをたたいて通信ウィンドウを閉じ、メインモニターにシステムの状況を表示させ、システムの異常を探した。だが、ゲートのシステム異常を告げる表示はどこにもない。

——システムじゃないのか？　じゃあ、この警報音は……。

そこまで考えたとき、サンリッジは思い出した。

それは、太陽系外周部に張り巡らされたセンサー網が粛清者の転移を感知したときに、地球連邦軍と、地球連邦政府機構全体に対して発せられる、緊急警報の音だった。

1 侵攻

この日、太陽系外縁部にある、準惑星ハウメアの軌道上に置かれた前進観測基地のひとつ、ツゥーラ基地では、センサーオペレーターの一人、エリシフ・ユングリング少尉が、太陽系外周空域の走査《スィープ》を行なっていた。

複合センサーによって感知した情報をどのように受け取るのか、それはオペレーターの個性によって異なる。情報を音として捉えるオペレーターにとって宇宙空間はオーケストラのようにも聞こえるし、色彩として感知するオペレーターもいる。

感知するイメージが異なっていても、そこに何があるのか、それを知覚することに変わりはない。情報をどう感じ取るかの差でしかないのだ。

エリシフは、複合センサーが感応端末によって伝えてくる情報を、色彩として捉える能力を持っていた。

今、エリシフの視覚の中には、薄紫色の霧のようなものが流れている。それは、太陽から放出される太陽風と呼ばれるさまざまな粒子の流れであり、太陽系中心部にある太陽から遠く離れたこの外周部まで、太陽風は届いている。そして、その薄紫の霧の流れの中に浮かぶ、緑色の靄《もや》に包まれたバスケットボールのようなものは、準惑星だ。準惑星を取り巻いている緑色の靄は、大きな質量を持つ天体によって生じた重力の流れである。

太陽系外周部には、準惑星や、彗星の中心部に似た、氷と石が固まったような小惑星がいくつも浮かんでおり、それらの質量を持つ天体はすべて緑色の靄をまとっている。

エリシフの意識は、知覚の手を広げ、太陽系外周部の宇宙空間を身体全体で包みこむように感じ取っていた。

——いつもと同じだわ。宇宙空間は海のように広がり、ゆっくりと吹く薄紫の太陽風の中に、天体が浮かんでいるだけ……。

わたしと同じように、センサーの情報を色彩として捉えるタイプのオペレーターはあまり多くないけど、人間の色彩感覚は聴覚よりも発達しているのでオペレーターには向いていると、アロイスのリトナ技術少佐は言っていた。

実際、粛清者《しゆくせいしや》の無人探査機を捉えたのも、わたしと同じ色彩感受タイプの、ヒトミ・ハグロ少尉だった。

——同じ色彩感受型でも、わたしなんかと違って、きっと感受性が豊かで、カンのよい、どこか抜きん出た人なんだろうな。

エリシフは、ふう、と心のなかで小さくため息をついた。

――わたしなんかなんの取り柄もなくて、勉強も外見もごく普通。中学校の時は、〝テストの平均点を知りたければ、計算なんかしなくても、エリシフのテストの点数を聞けばそれでわかる〟とか言われていたし。きっとこのまま、普通の、よくある、どこにでもいる、その他大勢の一人として一生を終わるんだろうな。ネットの百科事典で〝普通の女の子〟って単語で検索して、わたしの顔写真が出てきても、きっと驚かないと思う。

歴史に名を残すとか、そんな大それた野望は持っていないけど、時どき、特別扱いされてみたいな……と思うことはあるかな？

でも、そんなことまずありえないよね。今までの人生、恋愛も、アクシデントも、とにかく、ありとあらゆるイベントとは縁がなかったわたしみたいな人間に、そんなことあるわけない。

そんなことを考えながら、エリシフが意識の中で自嘲じみた笑いを浮かべた……その時。

エリシフは、走査していた宇宙空間の情景の中に、見慣れないものを見つけた。

それは、小惑星も何もない宇宙空間の中に浮かぶ、緑色の靄だった。

――緑色の靄のように見えるのは、質量によって生じる重力波のはず……質量が存在しない空間に、重力が生じるわけがない。

エリシフは、最初、自分の感覚を疑った。

——これは何かの間違いじゃないかしら……センサーの異常を、重力波の異常として捉えたとか……そうよ、だって、わたしみたいな、なんのイベントとも縁がない人間に、そんなことが起きるわけがない、そんなの理由がない！

だが、そう思いこみたいという意識の向こう側で、もうひとつの意識が叫んでいた。

——それは〝あるわけない〟と思いこむ正常化バイアスよ！　予兆を見過ごし、手遅れになる最大の原因！　諸悪の根源！　〝あるわけない〟じゃなくて〝あるかもしれない〟と考えなくちゃダメだって散々言われてきたじゃないの！　普通の人間には、何も起こらないなんて勝手に思いこんでいただけ！　買った宝くじが当たるのに、理由はないわ！

エリシフは、自分に言い聞かせるように小さくうなずくと、大きく深呼吸してから、転移警報のキーを押した。

迎撃型機動戦闘艇部隊の緊急発進基地であるサジタリウス基地の居住室にも、ほぼ同時に警報音とインフォメーションが流れた。

転移警報！　転移警報！　緊急発進シークエンス発動！

機動戦闘艇パイロットは、スクランブルポジションへ！

繰り返す！　転移警報！　転移警報！　これは訓練にあらず！

繰り返す！　これは訓練にあらず！

機動戦闘艇パイロットは、スクランブルポジションへ！


「来やがった！」

「くそ！　楽させちゃくれねえな！」

「おれ、これからシャワー浴びるつもりだったんすよ！」

「文句を言っても始まらない、これが仕事だ」

第一中隊第五小隊の四人は、そんなことを言いながら、部屋の突き当たりにある赤い枠で囲われた床の上に向かって走った。

足元の床に、それぞれの認識番号が浮かび出し、三回点滅した。そして四回目の点灯と同時に、床板がすとん、と抜け、壁面に立っていた四人のパイロットは、チューブウェイによる搬送システムによって、それぞれの搭乗機に向かって送りこまれていった。

『転移予想座標、六〇三七・二二一・三四三五。最大戦速による到達所要時間五分三十秒。航法システムに座標入力ずみ。戦闘開始予測時間まであと五分八秒』

機動戦闘艇のシートに身を委ねるのと同時に、感応端末を通じて、さまざまなデータがセルゲイの意識の中に送りこまれてくる。

航法システムは、粛清者が転移してくる地点まで、最短距離と、どれくらいの出力で飛べばいいのかを瞬時に計算し、機動戦闘艇を飛ばす。

発進が終われば、戦場に到着するまで、パイロットの仕事はない。ただひたすらに宇宙空間を飛び続け、そして、口をあけている戦場の大釜に放りこまれるのを待つだけだ。

セルゲイがそんなことを考えていた時、同じ分隊のサカモトの思念が飛びこんできた。

『セルゲイ曹長！　モチベーションを上げる曲を用意してきたんですが、共通音声チャンネルに流してもよろしいですか？』

『許可する……今回は、なんという曲だ？』

『ＪＡＭ Ｐｒｏｊｅｃｔの《ＧＯＮＧ《ゴング》》という曲です。〝今こそ立ち上がれ、運命の戦士よ！　さあ戦いだ、ゴングを鳴らせ〟という内容の歌詞の……』

『アニメの主題歌か？』

『いえ、こいつは、昔のゲームの主題歌です。スーパーロボットが集まって戦うというテーマのゲームの主題歌で……』

説明しようとしたサカモトの思念を遮って、ランドルフの思念が飛んだ。

『能書きなんかどうでもいいじゃねえか、さっさと流せよ！　ノリのいい曲かけて、ガンガン行こうぜ！』

『なんだかんだ言っても、おまえさん、サカモトの選曲は好きみたいだな』

笑いを含んだ思念を投げたフォンセカに、ランドルフは、珍しく素直に同意した。

『ああ、気に入っているぜ。男でも女でも、子どものころは誰だってヒーローになりたくて仕方ねえんだ。その夢を真正面から受け止めて、唄い上げてくれる曲なんだぜ。自分は消耗品なんかじゃねえ、自分は地球を救うヒーローなんだ！　そう思わせてくれるんだ。嫌う理由はねえよ、サカモト！　派手にいこうぜ！』

ランドルフの思念が途切れるのと同時に、音声チャンネルに、男性歌手の声が流れ始めた。スローバラード風に始まった曲は、やがてアップテンポに切り替わり、迫力のある声で高らかに、戦いに赴く戦士の歌を歌い始めた。

その曲を聞きながら、セルゲイは思った。

――〝戦歌《バトルソング》〟というものがある。北欧の民族に伝わる風習で、戦いの前に過去の英雄の勲《いさお》しを歌うことで、みずからを英雄の身に置き換え、恐怖を退けてモチベーションを高めると言われている。

だとしたら、サカモトが流しているこの曲もまた、戦歌《バトルソング》に違いはない。

アニメとか、コミックなどのサブカルチャーを嗤《わら》う者は多いだろう。エンタテインメントに何ができる、と嗤《と》う者もいるだろう。だが、それを嗤う者たちは、今、ここで、こうやって地球を守るために命を賭して戦場に赴く若者を支える英雄の物語を与えることができなかった。

今、ランドルフやサカモトを支えているのは、間違いなくアニメとコミックの中で語られた英雄の語る理想と熱意だ……。

セルゲイが、そんなことを考えていた、その時。

中隊長のカルニーゴ大尉の思念が飛びこんできた。

『転移座標が固定され、重力波のレベルから、転移してくる敵の規模が判明した！　敵の数は戦列艦換算で二隻。駆逐艦換算で八隻だ！』

セルゲイは思わず聞き返した。

『駆逐艦換算で八隻？　それだけですか？　継続して敵が転移してくるのではないのですか？』

『それはわからん。総司令部は、あとに続く艦隊があるとは伝えてきていない。とにかくわれわれは作戦計画どおり、粛清者の転移座標に向かい、そこで粛清者の艦を叩く！』

『了解しました！』

セルゲイは、短く思念を返した。

太陽系外縁部に設置された迎撃型機動戦闘艇基地から、発進可能なすべての戦闘艇が発進していた、そのころ。

木星軌道上に浮かぶ銀河文明評議会地球派遣保安軍総司令部の総合指揮室では、総司令官であるアロイスのレキシムが、ロングレンジセンサーの分析結果を聞き返していた。

「八隻？　たったそれだけですか？　ほかの艦隊が後続して転移してくる兆候は見られないのですか？」

それは当然の反応だった。

過去における粛清者の侵攻は、まず無人探査機を送りこんだのち、本格的侵攻が始まるのと同時に、いっきに大量の戦闘艦を転移させてきて、物量に物を言わせて橋頭堡を確保し、大型の恒星破壊兵器を送りこんで恒星を破壊する、というのがセオリーだったからだ。モルダー戦役では、その大量転移と並行して恒星反応弾を打ちこむ、という作戦を取ったが、いずれにしろ、侵攻が開始されるのと同時に、大量の戦力を送りこんでくるというパターンは今までと共通だった。戦闘艦を八隻だけしか送りこんでこないという記録は、銀河文明評議会と粛清者との戦いの長い歴史の記録のどこにもなかった。

感応端末の向こう側で、地球連邦軍太陽系外周方面軍の司令官となった成田少将の思念が応えた。

『重力波分析による転移質量の数値は不変です。転移前兆を捉えて二分が経過しておりますが、転移質量の増大は検知されておりません。また現在までに太陽系外周部、及び太陽系内空間に重力波異常点は感知しておりません。なお、転移を感知するのと同時に、迎撃作戦計画どおり、自動的に太陽系全域に非常臨戦態勢が宣言され、外縁部の迎撃型機動戦闘艇基地に対し、全力出撃命令が出されております。迎撃部隊は十五秒後に接触し、光学センサーが捉えた敵艦の映像が入ります。そのまま攻撃してよろしいですね？』

「はい、前例がない状況下ですが、敵の先遣部隊、もしくは偵察を目的にした小艦隊と思われます。迎撃計画どおり攻撃を開始してください」

『了解しました。何か指示事項はございますか？』

「いえ、特に指示はありません。迎撃にさいし、地球人類とわたしたち指導種族たるアロイスがどう動くか、それはすべて、迎撃マニュアルとして戦術支援ＡＩと業務支援ＡＩに組みこんであります。このＡＩが、一人ひとりの役職に応じて、するべきことの一覧と、その優先度を示し、具体的な指示を行なうでしょう。アクシデント発生時に、組織が混乱する理由は、現場の人間が、まず何からやればいいのか、その優先順位がわからずにパニックに陥るからです。アクシデントが発生したときに、その混乱を最小限に食い止めることができるのは、現場の人間に対し、優先順位を判断し積極的に的確な指示を出すことのできる存在です。このＡＩは、そのために作られました。現場の情報が上がってこない状況で、上層部が命令を下せば混乱を生じさせるだけです」

『了解しました』

戦術支援ＡＩによる思考加速により、この成田少将とレキシムとの思念交換は数秒しか要していなかった。

思念交換を終えたレキシムは、与えられた情報をどう判断するか、迷った。

本来ならば粛清者の侵攻が始まった場合は、銀河文明評議会の上級種族に速報し、緊急警報を発しなければならない。侵攻緊急警報は指導種族のみならず高位種族全体に適用され、この警報の範囲対象となった種族は、国家体制を非常体制に切り替え、粛清者との戦いに種族の総力を注ぎこまねばならない。粛清者が転移してきたことは間違いないのだから、ここで緊急警報を発信することは当然のことである。だが、八隻というあまりにも少ない数字が、レキシムを迷わせた。

警報を発信する要素はそろっている。しかし、この八隻の転移が本格的な侵攻ではなく、いわば無人探査機に代わる偵察手段であった場合、本格的侵攻が行なわれるのは、先のことになる。警報を発すればアロイスのみならず、ケイローンや、レイブンといったエリルセナント線上の種族全体に非常体制が発せられる。各種族は臨戦態勢を取り、艦隊を動かすだろう。モルダー防衛戦で受けた損害回復も再編成も行なわれていないこの現状で、さらなる負担を強いることになる。

侵攻警報を発信しておきながら、本格的侵攻がなかった場合、つまり誤報であっても、懲罰は行なわれず、いっさいの不利益は生じない、ということになっている。しかし、それは規則上そうなっているだけで、誤報を発した種族への情緒的な信用度は落ちる。

――われわれアロイスはロストゲイアーという銀河文明評議会の中で最下層にまで落ち、

そしてそこから這い上がってこの指導種族の地位を手に入れた。今まで積み上げてきた信用を、ここで失うことは許されない。

レキシムは、目の前にある三次元立体モニターを見上げ、意識の中に流れこんでくる情報に集中した。

立体モニターの中に赤く点滅する粛清者艦隊の転移ポイントに向かって突き進む、無数の青い光点の群れは、太陽系外縁部に配置された迎撃拠点基地から出撃した迎撃型機動戦闘艇部隊を、そして冥王星軌道上から動き始めた大きな青い光点は、アロイス艦隊と地球連邦軍の前衛艦隊を意味している。

――粛清者の転移が始まるのと同時に、転移地点にどれだけの戦力を投入し、叩くことができるか、それにすべてがかかっている。それが今までの迎撃戦のセオリーだった。

この八隻の敵艦の意図はなんだ？　敵は侵攻作戦を変更したのか？　いや、ここで少数とあなどって迎撃戦力を削減すれば、もし、この艦隊のあとに侵攻艦隊が続いた場合、戦力の追加を行なうことになる。それは兵力の漸次投入という最悪の策だ。もしかすると、この少数の転移はそれを誘うためのものかもしれない。

これを粛清者の侵攻と判断し、迎撃型機動戦闘艇部隊の全力出撃を行なうことは間違いではない。敵がどのような意図を持ってこの行動に出たのか、それを判断するには情報が少なすぎるが、粛清者の艦隊が転移してきた事実に変わりはない。たとえ、これが誤報扱いを受けて、アロイスの信用評価が落ちたとしても、まにあわなくなるよりはよい！

レキシムがそう決断した時、感応端末に、粛清者の艦隊に接触した迎撃型機動戦闘艇部隊からの光学データが送りこまれてきた。

宇宙空間に生じた、重力波のゆらぎの中から出現する細長い流線型の艦体は、水面下を泳ぐ銀色に輝く小魚の群れのように見えた。

『粛清者の艦艇は、艦体表面にモルダー星系防衛戦に出現した、耐ビームコーティングをほどこしているものと思われます』

『迎撃型機動戦闘艇が有効射程距離より発射したロングレンジビームが、目標に到達するのは三秒後です』

——三秒後に、あの粛清者が新型艦かどうか判明する、ということか……。

レキシムは戦術支援ＡＩに思念を送った。

『ビーム攻撃が無効となる想定での戦闘マニュアルは、作られているのか？』

『いいえ、まだ作成されておりません。ですが、戦術選択で実体弾と光子魚雷を優先する選択をすることで、応用できると判断されます』

『結局のところ、敵の新兵器や新戦術によって多大な損害を受けることで学んだ戦訓が、こちら側の装備や戦術にフィードバックされるまでのタイムラグは、最前線の兵士の血と努力で埋めるしかない。つまりは、彼らになんとか対処してもらうしかない……ということか』

『はい、機動戦闘艇パイロットの応用力と努力に期待するしかありません』

――人の心を持たぬものは、軽いな。

簡潔に事実だけを応答した戦術支援ＡＩの思念に、一瞬、不快感を覚えた。

――いや、もしかしたら、わたしはＡＩに嫉妬しているのかもしれない。

レキシムはその不快感の根源を自問自答しながら、銀河文明評議会に対し粛清者の転移警報を発した。

そして、三秒が経過した。

もっとも早く粛清者の転移艦隊に接近した迎撃型機動戦闘艇の部隊が放った遠距離ビームは、実体化を終えた粛清者の銀色の艦体に命中し、そして、そこでそのまま乾いた砂に水が吸いこまれるように消滅した。

感応端末でリンクされていたその光景を見ていた機動戦闘艇のパイロットと、迎撃艦隊の乗組員、そして地球防衛の任についていた将兵は、思わず息を呑んだ。

出撃命令を受けて発進した、準惑星エリスの軌道上にあるサジタリウス基地の機動戦闘艇パイロットも、例外ではなかった。

『遠距離ビームが効かないぞ！　カプリコン基地の連中のビームはすべて吸収されてい

る！』

ランドルフの動揺した思念が、分隊思念リンクの中を飛びまわると、それをたしなめるように分隊長であるセルゲイ曹長の落ち着いた思念が流れこんできた。

『騒ぐな。通達にあった、耐ビームコーティングをほどこしている新型艦だ。モルダー防衛戦で登場したやつだ。戦術モードを、ビーム使用モードから、実体弾及び光子魚雷使用モードに切り替えろ』

『光子魚雷を使えって言ったって、こいつには艦載型光子魚雷が二本しか搭載されていないんだぜ？　光子魚雷は無誘導だ。はずれたらどうするんだ？』

『はずれない距離まで近づけばいい』

あっさりと答えたセルゲイの思念を受けた同じ分隊仲間であるフォンセカが、苦笑いを含んだ思念を返した。

『いや、そのとおりですけどね。分隊長は相変わらず身も蓋もないというか、なんというか……』

サカモトが、フォローに入った。

『はずしてもいいんだよ、ランドルフ。光子魚雷の破壊力は致命的だから、うちの中隊の誰かの光子魚雷が当たればそれで目的達成だ。ましてや今回の敵艦はたった八隻だぞ？　全力出撃命令が出たから、太陽系外縁部にある二百八十四の基地から、それぞれ百二十機、合計すると三万四千機以上の機動戦闘艇が迎撃に向かってるし、全力出撃となれば、昨日から運用を開始した冥王星軌道上の基地からも出撃する。全部合わせれば六万機だ。いわば六万対八。楽勝さ』

『誰かが光子魚雷を命中させればいいっていうのなら、出撃もその誰かに任せて、おれは基地で寝ていたかったぜ。どう考えても、この全力出撃ってのは無駄だったんじゃないのか？』

ランドルフの思念に答えたのはセルゲイ曹長だった。

『敵が八隻しか存在しないのなら、確かに、この全力出撃は無駄だ。だが、重力波で穴を開けられたあの空間の向こうには、何万、何十万という粛清者の艦隊が存在し、転移の機会をうかがっている。いつ転移してくるのか、それは粛清者の都合であって、われわれの都合ではない。すべての出来事は連携し継続していることを忘れるな……』

セルゲイはそこで言葉を切ると、あらためてランドルフに問いかけた。

『ランドルフ伍長は、生きて帰りたいのだろう？』

『当たり前ですよ！　死にたいやつなんかいるわけないでしょう！　こんな地球から遠く離れた宇宙空間で、一人で死ぬなんてまっぴらごめんです！』

『わたしも同じだ。生きて帰るつもりならば、先を見ることだ。目の前の敵をなんとかするのは重要であり当然のことだが、その次に何が起きるのかを予測し、それに備えることも、同じくらい重要で当然のことだ』

『先を読めって言われても、おれは予言者じゃないし……』

『予言者になれという意味ではない』

――ランドルフの文句とか愚痴《ぐち》とか、いつものことなんだから聞き流せばいいのに、セルゲイ曹長は、律儀というかなんというか、めんどくさいことになりそうだな……。

サカモトが、そう考えた時。光学モニターの中に輝くものが映った。それは、粛清者の八隻の敵艦すべてに光子魚雷が命中した瞬間だった。

『当たった！　命中したぞ！』

『見ろ！　跡形も残さず吹き飛んだ！』

『勝ったぞ！　一方的だ！』

第一中隊の隊員の意識空間の中に飛び交う歓声に向かって、それをたしなめる思念が飛んだ。

『気を抜くな！　あの八隻は、囮《おとり》の可能性大だ！　いつ次の転移が始まるか、わからん！』

それは第一中隊の中隊長、カルニーゴ大尉の思念だった。

思念空間は水を打ったように静まり返った。粛清者の侵攻がたった八隻で終わるはずがないことを、誰もが気づいていたのだ。

その場にいたすべての兵士と、光学センサーによって送られている映像を見ていたすべての地球人が、光子魚雷の反物質弾頭によって跡形もなく消滅した八隻の敵艦がついさっきまで存在していた空間の一点を、息を凝らして見つめていた。

粛清者は、次にどう出るのか。先遣隊に続いて、何千、何万という艦隊が、怒濤《どとう》のごとくその空間から出現するのではないか？

一分が過ぎ、十分が過ぎ……そして一時間が過ぎた。

だが、粛清者の転移を示す兆候は何ひとつないまま、さらに六時間が過ぎた。

粛清者の侵攻は始まったのか、それとも、あの転移してきた八隻の敵艦は単なる偵察で、本格的侵攻はまだ先なのか。

銀河文明評議会地球派遣保安軍総司令部では、地球連邦軍の参謀とレキシムたちが、判断に苦悩していた。

『転移してきた八隻の敵艦に対し光学分析を行なったところ、半数の四隻は通常の駆逐艦クラスの戦闘艦で、残りの四隻は、さまざまなセンサーを搭載した偵察目的の情報収集艦と思われます。実際に、この情報収集艦は光子魚雷が命中して対消滅する寸前に、千二百あまりの無人プローブを発射したことが判明しております。発射されたプローブのほとんどは対消滅に巻きこまれて消滅し、残ったものはわずかですが、すべて追跡し破壊しました』

情報分析参謀の思念を受けて、地球連邦軍太陽系内方面軍司令官であるグロッグ中将が疑念を発した。

『粛清者の艦隊の目的は、太陽系への偵察行動と見てよろしい、ということですか？　つまり、無人探査機に代わって、有人探査を行なっただけで、本格的侵攻ではない……と』

『はい、本格的侵攻ならば、今ごろ、太陽系外周空域では粛清者の群れと迎撃型機動戦闘艇が死闘を繰り広げているはずです。本格的侵攻が行なわれることは間違いありません。しかしそれは今ではない、ということだと思います』

地球連邦軍太陽系外周防衛司令部の機動戦闘艇部隊司令官が、意識空間にパイロットの疲労に関するリアルタイムデータを示した。

『転移警報を受けて全力出撃を行なった迎撃型機動戦闘艇に対する待機命令は、すでに六時間以上になりつつあります。パイロットの疲労度とストレスパターンも上昇しており、緊張状態を保てなくなっております。早急に戦闘態勢を解除し、帰還させるべきと思料《しりょう》します』

『しかし、小規模とはいえ粛清者の艦隊が転移してきたのは事実だ。すでに粛清者の侵攻は始まっている。ここで迎撃部隊を帰還させ、手薄になったところに、いっきに大量の敵艦が転移してきたらどうなる？　初動迎撃態勢を取るべき迎撃型機動戦闘艇部隊のうち、稼働状態にあるのは、現在投入している六万機だけだ。残りはいまだ訓練中で実戦配備についていない。粛清者の転移が始まった時点で、手持ちのすべての戦力を投入し、水ぎわで叩くという作戦行動の基本を忘れたのか？』

『しかし、現在のような待機を続けていれば、パイロットの消耗は激しく、反復して出撃することすらできなくなる。粛清者が転移してくる兆候がないのなら、機動戦闘艇を帰還させてパイロットに休息を与え、侵攻に備えることこそが重要だ！　兵士は使い捨ての消耗品ではないのだぞ！』

意識空間の中で、意見を交わす参謀たちの思念を受け取りながら、太陽系外周方面軍司令官である成田少将は考えこんでいた。

——戦力の余裕は思考の余裕であり、手段の選択肢の多さである……という言葉の意味が痛いほどわかるな。もし今の段階で、計画どおり十二万機の機動戦闘艇があれば、こんな議論はせずにすむ。ローテーションを組んで、三交代にすればいい。それでも常時四万機を臨戦態勢に置くことができる。だが、今、われわれの手の内にあるのは、その半分だけだ。

限られた戦力では、できることもまた限られる。次の一手を用意できない状態で、圧倒的多数の敵と対峙するとなれば、その作戦行動は一《いち》か八《ばち》かの投機的なものにならざるを得ない。

これは、末期戦だな……防衛戦という構造そのものが、一種の末期戦に近いものだが。

戦力の欠乏が生じている今は、まさしく末期戦だ。

成田少将は、大きく深呼吸すると、参謀たちの議論に加わった。

『現状におけるすべての問題の根源は、戦力不足です！　迎撃型機動戦闘艇が定数に満たない今の状況では、大規模な侵攻が始まったときに、持ちこたえられません。レキシム閣下！　アロイスのかたがたが約束していた銀河文明評議会の上位種族の助力はどうなっているのでしょうか。応援はいつ来るのですか？』

レキシムは、どこか悲しげな思念で答えた。

『警報は保留されました』

その思念は、地球連邦軍首脳部と参謀たちの意識空間の中に、驚きの波となって広がっていった。

『保留？　保留とはどういう意味ですか？』

『増援は来ないのですか？　ケイローンの約束はどうなったのですか？』

『地球人だけで戦えと？』

レキシムは、力強い思念で応えた。

『援軍は来ます！　警報が保留されたというのは、今回の転移は粛清者の本格的侵攻ではないと判断された、という意味です。過去における粛清者の侵攻は、開始と同時に大量の戦力を転移させて、こちらの攻撃の効果の及ばない橋頭堡を作り、そこに大型転移ゲートを組み立てて恒星破壊兵器を持ちこむ、というものでした。銀河文明評議会が作り上げた、侵攻警報発令に伴う恒星系防衛に関する動員計画や作戦計画は、すべて、それを前提にして構築されています。今回のように少数の戦闘艦を転移させてくるという粛清者のやりかたには、対応していません。ケイローンにある恒星間同盟防衛機構総本部の判断は、近隣の指導種族艦隊に総動員をかけるような従来の警報対応ではなく、一定数の戦力を送り、重点警戒を行なう、というものでした。もし、粛清者が総攻撃を仕掛けてきた場合には、転移警報を発令し、総力態勢を取ることを確約していただけました。

ご存じのとおり、ケイローンとレイブンは、モルダー防衛戦でかなりの損害を出しております。部隊の再編が始まったばかりという理由もあるのかもしれませんが、再編が終われば、ケイローンはわれわれアロイスとは比べ物にならないほどの戦力を送りこんでくれるはずです』

成田少将は頷いた。

『了解しました。援軍が来てくれるのはありがたい。で？　どれくらいの戦力が送られてくるのでしょうか？』

『ケイローン傘下《さんか》にある親衛義勇軍艦隊より三千隻。そして途上種族連合艦隊より三千二百隻。合計六千二百隻に及ぶ艦隊と、前進基地となる移動型泊地《ベース》八基。いずれも、最新鋭の一線級装備を持つ艦隊です』

『途上種族連合艦隊と言いますと、もしかして、地球軍艦隊も含まれるのですか？』

成田少将の質問に、レキシムは、微笑むような感情をのせた思念で応えた。

『途上種族連合艦隊の指揮官は、地球軍独立艦隊のアリサカ少将です。アリサカ少将は、地球派遣保安軍の副司令官でもあります』

地球連邦軍首脳と参謀たちがリンクしている意識空間がふたたびどよめいた。

『その援軍は、いつごろ太陽系に到着するのですか？』

レキシムは、ゆっくりと応えた。

『予定どおりならば、五十八時間後です』

成田少将は、確認するようにレキシムの思念を繰り返した。

『五十八時間後ですね……わかりました。援軍が来ることは確実であり。もし大規模侵攻が始まれば、予定どおり警報が発動され、ケイローンをはじめとする指導種族の総力体制が組まれる。つまり、われわれは援軍が到着するまでの五十八時間、手の内にある戦力で対応せねばならない、ということですね』

『そういうことになります……』

レキシムの思念を受けた、この会議における地球連邦軍側の最高司令官であるグロッグ中将は、部下の参謀と、各部隊の司令官に向かって思念による命令を発した。

『太陽系に対する粛清者の侵攻が開始されたものと判断し、ただいまの時間をもって、銀河文明評議会地球派遣軍総司令部を、太陽系防衛軍総司令部と呼称変更する。現在訓練中の迎撃型機動戦闘艇パイロットの訓練を前倒しする。月面のティコクレーターにある訓練センターで基本訓練中の機動戦闘艇パイロットは、ただちに木星軌道上の訓練基地に向かい、そこで完熟訓練に移行し、現在木星軌道上の訓練基地で完熟訓練中のパイロットを実戦配備とする！　これによって投入できる戦力は九万となる。三交代制で常時三万の戦力を臨戦待機状態に置くものとする！　各部署はこの決定に伴う各種業務に取りかかれ！　現在戦闘配備中の機動戦闘艇部隊は、乗組員の疲労度の高い部隊から順次帰還させ、待機、休養させせよ！　木星軌道内に配備されている最終防衛艦隊を、冥王星軌道まで前進させ、手薄になった機動戦闘艇の警戒配置をカバーするものとする！　そして地球連邦軍の将兵、及び地球連邦政府を通じて、全人類に、五十八時間後に地球軍独立艦隊を含む六千の援軍が到着する旨の情報を公開せよ！　将兵の士気を維持し、モチベーションを上げるのだ！』

『了解しました！』

地球連邦軍の参謀と実戦部隊の司令官たちはそう応えると、いっせいに部下に対して命令を発した。

『戦闘を行なったカプリコン基地所属の三一三戦闘部隊は、基地に帰還し、光子魚雷を補給したのち、臨戦態勢で待機』

『戦闘に加わっていない他の部隊は、粛清者の転移点周辺において滞留待機！　遠隔地の基地から出撃した部隊は別途指示する哨戒空域に赴き、粛清者の転移に備えよ』

『太陽系外縁部に位置する準惑星軌道上にある前線基地の、ロングレンジセンサー・オペレーターの勤務ローテーションを変更し、センサーの感知領域を多重化して、情報収集にあたれ！』

感応端末を通じて、戦術支援ＡＩが前線部隊に対し、次々に発していく命令を意識の中で感じながら、成田少将は思った。

――もしあの時、たった八隻ではなく、何千何万という数の粛清者が転移してきていたらどうなっただろう？　レキシムが発した警報は受理され、ケイローンを筆頭とする上級種族が、何万という数の艦隊を送りこんできただろう。だが、どのみち最初の数日間は、われわれの手だけで太陽系を守りぬくしかなかった。おびただしい犠牲を払って、転移してくる粛清者を破壊し続ける未来がそこにあったはずだ。

それを考えれば、たった八隻の転移で六千もの戦力、それも最新式の装備の艦隊を送ってもらえるのは、損な話ではないと思うべきかもしれん……援軍が到着するまで、あと五十八時間か。粛清者が侵攻してこないことを願うのみだ。

そのころ、レキシムは意識空間上にあった総合指揮室を離れ、執務室にいる自分に意識を戻し、アロイスたちの緊急会議室へと意識をリンクさせていた。

会議室には、シャロムをはじめとするアロイスの上層部がずらりと顔をそろえて、レキシムが来るのを待ち構えていた。

『ご苦労さまです。粛清者の動向はどうなっていますか？　その後、なにか兆候は？』

『駆逐艦四隻、情報収集艦四隻、計八隻の転移が行なわれ、これを殲滅《せんめつ》いたしましたが、その後約七時間経過した現在に至るまで、後続して転移してくる兆候は見られません。地球連邦軍迎撃軍に対し、即時総力迎撃を命じましたが、現在は警戒部隊を残し、待機に移行しております』

レキシムは、そう応えたあとで、シャロムに尋ねた。

『ケイローンにある恒星間同盟防衛機構総本部は、本件をどのように捉えているのでしょうか？』

『このようなことは、過去に前例がありません。モルダー防衛戦のさいもそうでしたが、粛清者の戦術ドクトリンに、大きな変化が生じていることは間違いありません。ケイローンの上層部は、さらなる上級種族であるキレナスとモンロールに報告し、指示を仰ぐことを決定しました』

シャロムの応えを聞いたレキシムは目を見開いた。

『キレナスとモンロール？　本当ですか？』

レキシムが驚くのは無理もない。キレナスとは、ケイローンを指導した種族であり、モンロールとは、さらにその上級種族である。アロイスたちは、ケイローンを通じてキレナスとは接触があるが、さらにその上級種族にあたるモンロールに至っては、まさに雲の上の存在であり、直接面接したことのある者は、アロイスの歴史において過去に数名だけである。

『キレナスの説明によると、粛清者は現在、このエリルセナント線上の途上種族だけでなく、ほかに四つの渦状肢でも攻勢に出ているそうですが、新兵器の投入があったのは、モルダー防衛戦が最初とのことでした。モルダー防衛戦で登場した粛清者の耐ビームコーティングと、恒星反応弾について、早急に対抗策を取ると約束してくれました。モンロールから直接のメッセージがあったわけではありませんが、キレナスを通じ、エリルセナント線上の途上種族の防衛について、評議会に働きかけるという意思を示してくれたと聞いております。評議会は打てば響くように動くような組織ではありません。その腰は重く、時として後手後手にまわることも多いのは事実です。しかし、動くときには確実に動き、明確な指針を示す組織でもあります。期待して待ちましょう』

『わかりました。希望はある。しかし、この太陽系防衛戦にまにあう何かを与えられたわけではない。つまりわれわれは従来の兵器と戦術を応用し、敵の新兵器に立ち向かうしかない。そういうことですね』

『そういうことです。ケイローンは、地球軍独立艦隊をはじめとする各途上種族艦隊と、ロストゲイアーの志願者で編成された親衛義勇軍艦隊の装備をすべて最新のものに更新した上で、地球防衛戦に投入することを決定しました。モルダー防衛戦で多大な損害を受けたケイローンが自軍の装備更新をあとまわしにして、途上種族に最新式装備を与えるなどというのは前代未聞のことです……』

シャロムはそう伝えたあとで、少し笑いを含んだ思念を付け足した。

『艦種によっては、われわれアロイスの本国艦隊の艦よりも新型で高性能なのですよ。地球軍独立艦隊とアロイスの本国艦隊が並んだら、アロイスのほうが途上種族に間違われるかもしれません。ケイローンは、それだけ地球軍独立艦隊と、指揮官であるアリサカ少将の力量を評価しているのです』

レキシムは、胸の中にあった思いを、そのままぶつけた。

『その厚待遇は、本当にありがたいことです。しかし、今の太陽系防衛に必要なのは、ひと握りの高性能艦ではなく、たとえ性能が劣ってはいても、粛清者の飽和攻撃に対抗できるだけの数の艦なのです！　ケイローン軍はなぜ、これ以上の援軍を送ってくれないのですか？　われわれアロイスと同じケイローンの子種族へ、なぜ応援要請を行なってくれないのですか？』

シャロムは、しばらく無言のままレキシムを見ていたが、やがてゆっくりと応えた。

『太陽系防衛の総責任者であるあなたが感じている重圧は、よくわかります。粛清者の本格的な侵攻がいつ始まるのかまったく予想がつかない状況下で、迎撃型機動戦闘艇のパイロットはいまだ揃っておらず、避難民を一時的に収容する地下シェルターの構造も、恒星の表面爆発の影響を考慮したものへの仕様変更が重なり、さらに宇宙空間での防壁の建設……やらねばならないことのすべてが時間との戦い……この状況下で頼れるものはケイローン軍しかない、そう思うのは当然だと思います。

しかし、いかにケイローンといえども、ない袖は振れない、というのも事実なのです。モルダー防衛戦で第三軍が受けた損害は、予想をはるかに超えたものです。モルダーからの避難民救出には第二軍があたっていますが、粛清者の攻撃は執拗で、モルダーからの避難民救出は困難をきわめています。ここで太陽系への侵攻が始まれば、ケイローンは二方面で戦わなくてはなりません。ケイローンは強大な種族で、多くのロストゲイアーを受け入れ、子種族のみならず孫種族にも広く援助の手を差し伸べてきました。ケイローンは、それができるだけの潜在的な国力を持つ種族です。しかし、疲弊と無縁なわけではありません。戦力の回復をはかり、装備を更新し、兵士のアバターを補充するのには、やはり時間が必要なのです。

ケイローンは……銀河文明評議会は、地球人類を見捨てたわけではありません。先ほど、あなたが言ったケイローンの子種族への応援要請ですが、オゴショールとキトリットも、あのあと、太陽系防衛軍艦隊に加わることが決定しました。おそらくケイローンの応援艦隊よりも早く、太陽系に到着するでしょう』

『オゴショールとキトリットも来てくれるのですか？　規模はどれくらいなのでしょうか？』

『第一次派遣軍が、二千隻ずつ計四千。第二次派遣軍が三千ずつ計六千。合計して一万隻の艦隊とのことです。正式の通達ではありませんが、内示された情報によると七十二時間後に、第一次派遣軍が到着するものと思われます』

レキシムの顔に安堵の色が浮かんだ。

『ありがとうございます！　希望が見えてきました』

『わたくしは引き続き、このシュリシュクにとどまり、ケイローンから最大限の援助が引き出せるように働きかけ続けます。アリサカ少将が戻ったら、彼を信頼してすべての情報を開示してください。彼と独立艦隊の将兵は、外を見て、外で戦った者たちです。その視野と概念は、わたくしたちと変わりません、彼らを途上種族として扱う必要はありません。彼らは戦友です』

『わかりました、彼らの成長ぶりを見るのが楽しみです』

そう言って微笑んだレキシムを見て、シャロムは微笑んだ。

『……やっと笑ってくれましたね。心に余裕を持てるような状況ではないとわかっていましたが、指揮官は、たとえどんな状況でも、笑える人間でいなくてはなりません。たとえ、目の前の状況がどうしようもなく破滅的に見えても、希望を持ち続け、部下にそれを指し示すことが、指揮官に与えられた義務です。ユーモアは、その大きな手助けになるでしょう』

『難しいですね……でも、努力します』

レキシムは、自分に言い聞かせるようにそう応えて、小さくうなずいた。

2 生存

宇宙空間を、四角い塊が飛んでいく。

地球の地表のようにほかに対比する物のない宇宙空間では、見ただけではその大きさはわからないが、近づけばその巨大さに息を呑むだろう。

縦横の長さは、それぞれ数百メートル。厚さはそれに比して薄いが数十メートルはある。見た目の形状はブロックというよりもパネルに近いかもしれない。

このブロックの主成分は月の砂だ。月の地表にある砂を採取して熱と圧力をかけて溶融して成形し、頑丈なブロックにしたものだ。自動化したプラントによって大量生産が可能なので、主に月面での建築資材として使われてきた。

本来は月面で使われるはずのブロックがなぜ宇宙空間を飛んでいるのか。答えは簡単だ。月面に設置されたマスドライバーで、地球＝月系の軌道内に向けて射出されたのだ。

宇宙空間に射出されたブロックはひとつではない。月面の何ヵ所にも設置されたマスドライバーから、一日に数万個のブロックが打ち上げられて宇宙空間を飛んでいる。この無数のブロックを飛ばす専用の軌道が確保され、作業艇がうっかりブロックとニアミスしないように、航路標識が浮かべられているほどだ。

宇宙空間で建設業務にたずさわっている人々は、このブロック専用の軌道を非公式に〝レゴ・レール〟と呼んだ。有名なブロック玩具を運ぶレール、という意味である。


月面の作業場で、油谷《ゆたに》はあくびをかみ殺しながら月面車を走らせていた。月面車は太く小さいタイヤがついたゴーカートのような乗り物だ。気密性はなく、ドライバーはむき出しになるので、油谷は宇宙服を着用している。

一日の大半を着たきりですごす油谷の作業用宇宙服の中は、すでにかなり酸っぱい臭いが漂っている。消臭剤も使ってみたが、かえって匂いが気になるので今は諦めて、着用してから鼻がバカになるまでのあいだは我慢することにしている。

灰色の月面は殺風景きわまりない。空は一日じゅう真っ暗で、昼間でも太陽と星が同時に出ている。油谷はたまには地球でも見えないかと、現場に出るたびに、ぐるりと周囲を見まわすが、これまで一度も見えたことがない。

——子どものころに見た、地平線から地球が昇る光景はすごくきれいだったから、ここにいるあいだに、一回くらいは見ておきたいものだ。写真を撮っておけば、家族へのいい土産にもなるしな。

油谷は知らないことだが、彼がいるのは月の裏側である。地球の周囲をまわりながら、常に地球に対して同じ面だけを見せている月の地上では、地球から見上げる月と違い、地球が地平線から昇ることはない。油谷が見たという〝地球の出〟の映像は、月の軌道上をめぐる探査機から撮られたものだ。地平線から地球が昇っているのではなく、探査機が地平線に向かって動いていたのである。

宇宙で生活している人間にとっては、常識とも呼べるこの知識を油谷が知らないのも無理はない。彼はつい一週間前まで、地球の地下深くにあるシェルター建設現場にいた作業用ドローンの主任オペレーターだった。宇宙で仕事をするなど、これまで一度も考えたことはなく、そのための訓練も受けたことはない。

その彼が上司に呼ばれたのは、モルダー星系の戦いが終わって三日後のことだった。いつものように事務所に出勤した油谷の顔を見て、上司はあっさりと言った。

「おう、油谷。おまえ、明日から別の現場に行ってくれ」

「別の現場？　はあ、行けというなら、どこにでも行きますが……」

そう答えながら、油谷は自分が担当しているシェルター建設のタイムスケジュールを頭の中で確認した。

自分が抜けると、少しきつい。残っているのはまだ若い連中ばかりで、作業用ドローンの扱いはともかく、現場での仕事の組み立てやトラブル時の対応が心許ない。

上司が油谷の考えていることを先まわりしたかのように言った。

「今の現場なら、おまえが抜けたあとに三人増員する予定だ。作業用ドローンの扱いに長《た》けたアロイスも来てくれるそうだ」

「それならなんとかなります。で、わたしはどこへ？」

上司は、またもや、あっさりと言った。

「月だ」

油谷は、思わず聞き返した。

「は？　月？」

「そう、月だ」

「……てぇと空の上に浮かんでるお月さんで？」

「そうだ。蕎麦《そば》の上に浮かんでる卵の黄身じゃねえ、正真正銘のお月さまだ」

「で、でも、わたしは、宇宙での作業に必要な資格なんざ持ってませんよ？」

「安心しろ、資格がなくても、訓練したことがなくてもいいように、おまえさん専用の支援ドローンとやらがくっついて、何から何まで世話をしてくれるそうだ。とにかく、地球上のあらゆる現場から千人、選りすぐりのドローン使い《パペッティア》を寄越せというのが、地球連邦からのお達しだ」

上司の言葉に油谷は首をひねった。

「その千人に選ばれたのは光栄ですが、今は世界じゅうでシェルターの建設と補強が急ピッチで、どこも人手不足ですぜ？　それより優先する仕事が月にあるんですか？　今になって月にシェルターを作るんですか？」

「いや違う。確かに、月や小惑星のような空気も水もない、岩の塊にシェルターを作ったらどうだ？　という話があったのは確からしい。岩石系の小惑星の軌道を変更して常に同じ面を太陽に向けるようにすれば、夜の側《ナイトサイド》に作るシェルターの安全性は高いとかなんとか評論家が言っていたが、そういうことじゃないらしい」

「じゃあ、なんだって月に……もう時間がねえじゃねえすか。いつ粛清者《しゅくせいしゃ》とやらの艦隊が押し寄せてくるかわかんねえってのに、月なんざに行っているヒマはねえっすよ？　今やるべきことは、建設が進んでいる各地の地下シェルターを拡張・強化して、太陽の表面爆発にも対応できるように改造し、備えるしかないんじゃねえすか？」

「おまえの言ってることはもっともだ。地下シェルターの建設は何より優先されるべきだ。でもよ、この月の仕事も同じくらい優先しなくちゃなんねえんだ！　こいつは、いざという時の人類の命綱――というか、命綱を守るための仕事だ！」

上司が顎をひき、ぐっと力をこめて油谷を見た。どうやら上からの命令、というだけではなく、上司も納得の上での油谷の人選らしい。

油谷は、大きく息を吸って、そして吐いた。腹がすわった。

「聞かせてもらいましょう」

油谷は聞き、そしてその足で月へ向かうシャトル便に乗りこんだ。明日から現場入りとなれば、今日のうちに三十八万キロメートルを移動する必要があったからだ。家族への連絡は、月へ向かう途中で行なった。

——まさかこの歳になって、月面で仕事をすることになるとは思ってもいなかった。ガキのころ、夏の夜空を飛んで行く宇宙ステーションを一緒に見上げていたオヤジが、おれの頭をなでて、〝おまえが大人になったら、あそこで働くことが当たり前になるかもしれねえな……〟ってつぶやいたのを覚えているが……オヤジの言うとおりになっちまったな。ま、宇宙ステーションじゃなく月面だけど、似たようなモンだな。

ずん。ずん。ずずん。

月面車のタイヤを通して伝わってきた規則的な震動で、油谷は物思いから我に返った。何億年もかけて月に積もった埃が震動でわずかに浮き上がり、そのまますぐに落下する。大気のない月面では、埃が舞うような動きを見せることはない。

震動にわずかに遅れ、壁のようにそそり立つクレーターの向こうの空を、灰色の巨大なブロックが飛んでいくのが見えた。

「今日の分の打ち上げが始まったな。今のうちにブロックの生産速度を上げないと、えーと、三日後には足りなくなるな」

油谷が作業用ドローンに作らせた灰色のブロックは、クレーターの中央に設置されたマスドライバーの軌条を滑るように加速して射出され、真っ黒な空へと消えていく。

「おれの仕事は、ここでひたすらブロックを作って、宇宙空間《そら》に向けてぶん投げることだ――吹っ飛んでったあとは任せたぞ」

汗臭い宇宙服の中で宇宙空間を見上げた油谷は、はるか上空の軌道上に浮かぶ作業現場にいる彼の仲間たちへ語りかけた。

巨大なブロックは、一カ月ほどかけ、地球を何周もしてから、指定された作業ポイントへ到達するのがもっとも経済的な軌道である。宇宙での経済的な軌道というのは、距離や時間ではなく、加速や減速の手間がない、という意味だ。

射出する速度を上げれば時間と移動距離を短縮できるが、そうなれば減速の手間がかかる。大気や地面、水が存在しない宇宙空間では、摩擦を使って減速する手が使えない。重力の作るカーブに沿ってひたすら飛び続けることになる。減速させるには、ブロックひとつひとつに減速用推進器を取り付けてから射出する必要がある。

しかし、一日に数万単位の数が要求されるブロックに、そのような手間ひまをかける時間はない。油谷ら千人のオペレーターが十万の作業用ドローンを駆使して作り上げた巨大なブロックは、識別用ビーコンのみを埋めこまれ、月面のマスドライバーで加速されて打ち出される。その軌道は、経済性無視で距離と時間の短縮のみを狙ったものだ。

打ち出されたブロックの群れが目指す先――そこが、地球の公転軌道のやや内側のエリアにある作業現場だった。


「おう、〝月落とし〟が来たぞ」

月から打ち出されたブロックの集団を見て、回収作業班長の蜂須賀《はちすか》は、ブロックを待ち受ける位置にタグボートを進めながら、仲間たちの動きをセンサーで確認した。

接近してくるブロックの数は約二千。射出されたマスドライバーの位置によって、それぞれのブロックの軌道は微妙に違う。また、中には重心にズレでもあったのか、宇宙を飛んでいるあいだにクルクルと回転を始めたものもある。これらのブロックは、地上であれば、ひとつが数百万トンもの重量を持つ。

それが、秒速数十キロメートルで飛んでくるのだ。もし地球上に落下すれば都市ひとつが消し飛ぶ質量兵器である。仲間たちの安全に気を配るのも、班長の仕事だ。

回収作業班は急造のチームだが、全員が宇宙での作業訓練を受けた技能持ちだ。また、緊急時に自動翻訳を使わずに素早く意志疎通ができるよう、同じ言語を使えるものが集まっている。蜂須賀の班は日本語を母国語としたチームで、コードはＪＰＮだ。

「確認するぞ。今回のはちょいとばかり厄介だ。前回のと違って、ここで流しちまうと、そのまんま地球＝月系をはずれて太陽に落ちる軌道じゃない。ぐるっと地球の周囲をまわってから、二ヵ月後にまたここへ戻ってくる」

月から打ち上げられた物体は、月と一緒に地球をまわる軌道、そして地球＝月と一緒に太陽をまわる軌道にある。ここで軌道速度が充分に落ちていれば、そのまま太陽方面へと落ちていく。もちろん、一直線に落ちるのではなく、太陽に接近しながら重力で加速し、その速度で楕円を描く、地球近傍小惑星のような軌道となる。

今回の二千個のブロックは、そこまで行かず、地球＝月の周囲を公転し続ける。いずれ作業現場にも戻ってくる、危険かつ巨大なデブリとなって。

「だが問題は、二ヵ月後じゃなく、太陽爆発が起きた時だ。太陽嵐で舞い戻って、おれらが作る長城《ロングウォール》にぶつかって破損させかねない。だから回収できない時は、軍が出張って撃ち落とす手はずだ。そんなことになってみろ。今度の休暇の時、飲み屋であいつらに会ってデカい顔されてイヤミ言われるぞ」

蜂須賀の言葉を聞いて、部下が口々に、「トンボ野郎が」「許せねえな」「殺す」と物騒な呟きを返す。蜂須賀自身もそうだが、危険な作業を行なうタグボート乗りは気が荒い連中がそろっている。

「だからこの二千個は全部、回収する。わかったら、行くぞ」

蜂須賀の合図に合わせ、十機のタグボートがいっせいに噴射を始めた。タグボート本来の仕事であれば、ここで流れてくるブロックに速度を合わせ、相対速度を落として接近するのだが〝月落とし〟の回収作業では、あえて相対速度は落とさない。当然、そのままぶつかれば小さなタグボートのほうが一方的に押し潰される。

虫に似たタグボートの背中が開き、作業用アームが展開する。そして、タグボートの腹側に取り付けてあった、船体の倍の長さはある引っかけ棒をつかみ、構える。

「作業用アーム、動作確認。慣性吸収装置、動作確認。慣性吸収ユニット、装着確認。慣性吸収ユニット、残量確認」

蜂須賀は、タグボートの窓から自分の目で引っかけ棒を見、装置のひとつひとつを指で示し、口に出して確認する。十五年前のマインドリセット時にはすでに三十代だった蜂須賀は、感応型のインタフェースへの適性が低い。あくまで旧式の機材しか使えない。

――それでも十五年前は、まさかおれに宇宙で仕事ができる日がくるとは思ってなかったものな。人生は何があるかわからないもんだぜ。

それに、旧式の機材でもやることを限定すれば、驚くほどの成果をあげられる。全員が装備チェックをすませると、ＪＰＮ班の十機のタグボートは、まるで糸でつながっているかのような動きで二千個のブロックのただなかに突入した。

「毎度毎度思うが、ゼビウスな気分だな」

視界を埋め尽くすブロックの群れを見て、副長の長野がニヤニヤと笑う。

「アレか。確かにな。回転してるブロックはあの四角い板そっくりだ」

「バキュラっていうんですよ。弾が当たっても破壊不可でしてね」

「あー、それでカンカン言うのか」

長野はレトロゲームのファンだ。蜂須賀は興味がなかったが、長野が自分の端末に入れて持ちこんだゲームで遊んで、なるほどと感心した口である。

「よし、じゃあ長野。バキュラ退治の一番槍だ。行ってこい。あの群れからはぐれたやつだ」

「おう！」

長野のタグボートが、群れのはずれに位置するブロックに近づく。そのブロックだけ、ほかと軌道が大きくズレており、しかもかなり速い回転を伴っている。ここまで飛来するあいだに、微小隕石に衝突したのかもしれない。

長野艇は、セオリーどおり、正面からではなく斜め前からそのブロックにアプローチする。機材に何かトラブルがあっても、衝突は避けられる位置だ。

作業用アームに握った引っかけ棒を伸ばす。相対速度は秒速十キロメートルを大きく超えている。これだけの速度差があっては、人間の反応速度ではまにあわない。棒の先端の鉤部分がスイッチになっており、触れると同時に慣性吸収装置が作動する。

長野のタグボートとブロックが接近し、すれ違う、その瞬間。

見えない壁に激突したかのように、ぴたり、とブロックが止まった。続いて、作業アームに握った引っかけ棒の後ろから、白い霧が猛烈な勢いで噴射され、すぐに拡散して消える。

「まずは一丁上がり、と」

長野がはーっ、と大きく息をはき、引っかけ棒を握った作業アームの親指を立ててみせる。続いて、引っかけ棒からドラム缶のようなサイズと形状をした慣性吸収ユニットを取りはずし、タグボートの背中のケースに積んだ、新しい慣性吸収ユニットを装着する。

慣性を吸収されたブロックは、ゆっくりとした速度で建設現場へと漂っていく。あとは建設現場の作業用ドローンに任せればいい。

「アフリカの班は、ブロックを魔物、引っかけ棒を魔物を倒すための伝説の槍にたとえているそうだが、分かる気がするな。科学っていうより、魔法に見えるぜ」

バックアップのため長野の後ろにタグボートをつけていた蜂須賀は、操縦席の中で上を向き、作業アームが握る引っかけ棒を見て唸る。

——理屈はまあ、分かる。こいつに付けられているのは、今は練習機になっている旧式の機動戦闘艇から取りはずした慣性吸収装置だ。機動戦闘艇は、秒速十万キロメートルまで加速してから停止、なんて無茶な機動をするから、ブロックみたいな巨大な質量でも、たかが秒速十キロメートルの慣性を食うのはへでもない。

機動戦闘艇の場合は、慣性吸収ユニットを使い捨てにせず、再利用する。艇内で熱の形で慣性エネルギーを排出させ、ふたたび慣性を食えるようにする。熱だけはどんどん貯まっていくから、これは母艦に戻った時に熱吸収質量カウンターマスを交換する。

蜂須賀たちのタグボートは、慣性吸収ユニットを使い捨てにすることで、一度の出動で何枚ものブロックの慣性を吸い取り、減速を実現させている。

「よし、残りはいつもどおりの手はずでいくぞ。ノルマは一人二十枚だが、一枚でも二枚でもよぶんにできたやつには、宿舎に戻ったら飯をおごってやる」

「了解！」

蜂須賀の檄《げき》に、部下が元気よく答える。

蜂須賀たちが減速して回収したブロックは、作業現場で組み立てられ、巨大な壁を構築していく。すでに、夜明け前や夕暮れ時には地上から見えるほどに巨大になっていた。

〝長城《ロングウォール》〟とだけ名づけられたその巨大建造物は、設計から建造開始まで一週間という超突貫工事でありながら、紛れもなく人類史上最大の建造物であった。

太陽嵐を防ぐ長城は、〝城〟と名前がついているが、役割は港などの堤防に近い。人類が初めて建設する、太陽嵐の力を削ぐこの堤防は、建設がかなり進んだ今の時点でも、地球の破滅を食い止める力はない。長城自身も、短時間の太陽嵐で破壊される。そしてモルダー星系がそうであったように、太陽の核融合が粛清者の恒星反応弾で促進されれば、地球は長城があっても死の星になる。

だから長城が守るのは、地球ではない。地球脱出用のゲートや、ゲート周辺施設、そして脱出船だ。長城が太陽嵐によって破壊されるまでに作り出す小さな〝日陰〟は、ゲートの稼働時間を延ばし、周辺施設や脱出船のシールドにかかる負荷をわずかに下げる。負荷の軽減が生み出す余力が、地球最期の日に一隻でも多くの脱出船を脱出させることにつながる。そして太陽嵐が収まったあとの、ゲート再建までの期間を短縮する。

油谷や蜂須賀たちが死力を尽くしているのは、地球人の未来を、たとえ太陽系を守る戦いに敗北しても守るためだった。

この建設現場には、世界じゅうから集められた多くの者が働いていた。

ブロックを並べて素組みされた長城の一部を、蜘蛛型のドローンがワイヤーを伝って滑るように進む。その上には、作業用宇宙服を着た鳶職《とびしょく》の老人、田宮啓治《たみやけいじ》がすわっていた。

「こないだまで富士山が同じ高さに見える場所で仕事してると思ったら、今は富士山なんざ眼下も眼下、お釈迦さまみたいな場所で仕事するとはなぁ」

「へえ、トビーは高いところに縁があるんだね」

田宮のすわる蜘蛛型ドローンから、少年の声が無線ではなく作業服のブーツを通して足下から聞こえてくる。接触して空気の震動を伝えているのだ。

「そらぁ、鳶職の鳶は鳥だからな。高いところでピーヒョロロってなもんだ」

「ふーん。あっ、ちょっと設計変更個所を発見。ルート変えるね」

少年の声に合わせ、蜘蛛型ドローンが腕の一本を横に伸ばす。

ぷしゅっ。腕からワイヤーフックが射出され、横のブロックの列に飛んでいく。

かちっ。ワイヤーフックの先端がブロックの端に固定される。

ぎゅるん。ワイヤーが巻かれる。蜘蛛型ドローンは宇宙空間を飛び、ブロックからブロックへと移動する。

「こいつは便利だな。地上の現場でも使えないか？　昔、映画で見たヒーローみたいに動けそうだ」

「アメコミヒーローのスパイダーマンだね。これまでは宇宙専用だったけど、高低差の大きな地上の現場でも、試験的に使ってるみたいだよ。フローターコイルを搭載して、安全性を高めたタイプが有力だって。そのうち普及するんじゃないかな」

「カレーは物知りだな」

「カレーじゃなくて、ボクはカーリーだよ、トビー」

「インドなんだからカレーでいいだろう」

「それはひどい誤解だよ！　トビー！」

「おまえだって、わしのことをトビーってってるだろうが」

「タミーヤより言いやすいじゃん」

田宮と会話をしているのは、地上にいる、長城の主任設計者の少年だ。まだ十五歳だがレゴブロックやドミノ倒しなどのアイディアを出すことにかけては天才的な素養がある。長城の建造がわずか一週間で、細部の設計が煮詰まっていないままスタートできたのは、このカーリーという少年がいたおかげだ。

カーリー自身は、長城の設計に必要な科学的素養を持たない。太陽嵐が地球近傍でどのように振る舞うか、繰り返し地球を襲う太陽からのプラズマ津波を長城と同時に設計されている超磁力発信器と組み合わせてどう受け流すか、そうした無数のシミュレーションを設計に反映させる能力は、カーリーにはない。

しかし、カーリーはシミュレーションを行なった科学者たちが長城に要求する難解なパズルを直感的に解く能力があった。カーリーは、長城が必要とされる形状や、それをどう組み立てれば短期間に建設できるかを導き出す力があった。

そしてカーリーの必要性は、建設が進むにつれて高くなっていく。シミュレーションの精度が時間と共に上がれば、より良い形状が見えてくるからだ。本当ならば何年も研究を行ない、最適の設計をしてから施工となるのだが、今回はそれができない。とにかく、今できているものを手なおししながら、よりよいものに変えていくしかないのだ。

「それで、今回はどうするんだ？」

「えーとね、Bの七番から十五番までのテオドロス防壁、今はたがいに五度ずつ角度つけて重なりあってるけど、これ、十度ずつに変更して」

「九枚、全部か？」

「うん……あ、Bの十五番だけ、そのまんま。だから八枚」

「よし。おい、スパイダー八号！　仲間呼んでこい。ワイヤーで引っ張るぞ」

田宮は自分が乗っている蜘蛛型ドローンに命令した。スパイダー八号が長城のあちこちから、百機の蜘蛛型ドローンを集めてくる。蜘蛛型ドローンはいくつかのグループに分かれ、グループごとに違う色の識別灯を点けた。

長城の構造物は頑丈なブロックを組み合わせて建設してあるが、宇宙に浮かんで地球よりやや内側の公転軌道をめぐっている点はそこらの小惑星と変わりはない。それを、宇宙空間に固定させるための基礎にあたる部分が、重力錨《グラビトン・アンカー》だ。

ブロックを素組みさせて作り上げた防壁はすべて、長城の各地に仮設置された重力錨にワイヤーで係留されている。

「よーし、引けー。ゆっくり引けー。赤蜘蛛チーム、もうちょい力入れろー。青蜘蛛はそのまんまで、あいや、ちょいゆっくり。そうそう、その調子だ」

ファジーな田宮の命令は、カーリーのサポートもあって、今では蜘蛛型ドローンのすべてが、どういう案配で力加減すればいいかを心得て動いている。

全長百キロメートルにも及ぶテオドロス防壁が八枚、角度を変える。地上の建設であれば不可能な変更が、宇宙では可能になる。

「地上では何を建てるにしても、最初がまず基礎工事だが、宇宙はあとまわしでいいってぇのは、驚いたね。防壁も、ブロック並べて素組みしただけだから、すぐに手なおしできるし。便利ではあるが、これで本当に太陽が爆発しても防げるのか？　今ここに台風が来ただけでバラバラになりそうだぞ」

「宇宙に台風はないけど、今ここに台風がくれば、そりゃバラバラになるよ。そのくらい緩くないと、こういう変更はできないじゃないか」

「そこがジジイとしちゃ不安なんだよ。そんなんで、まにあうのか？」

「まにあうよ。もし、今、粛清者の恒星反応弾が太陽にぶつかっても、核融合反応を起こした太陽が暴走して太陽嵐がくるまで、二十四時間の猶予があるもの。そのあいだにブロックを固めて、重力錨をこの空間に打ちこんで固定できる。まあ、ギリギリだけどね」

「今のうちにやっとくわけにはいかないのかい？」

「それをやると、もうこの長城は、破壊されるまでそのまんまなんだ。これだけデカくて重いものを固定しちゃうと、そりゃもう、どうしようもないからね」

「なるほどなあ」

仕事がひと段落したところで、田宮は作業員の飯場《はんば》となっている大型母船へと向かった。ここは、タグボートの母船にもなっており、蜂須賀たちもここで寝泊まりしている。

「じゃあね、トビー」

「おう。またな、カレー」

蜘蛛型ドローンのアームを小さく振らせて挨拶をしたあと、カーリーは感応端末のスイッチを切った。

周囲の宇宙空間が消え、ニューデリーにある自分の部屋に戻る。自分の部屋といっても、地球連邦軍の基地の中にもらった部屋だ。もとは会議室として使っていた広い部屋は、カーリーが持ちこんださまざまな私物に埋めつくされている。床が見えているのはほんのわずかなスペースだ。

「ふー。なんか、あらためて重力って重いなあ。いや、ボク本人はずっとここにすわってるわけだけど」

カーリーは頭にかぶっていた感応端末インタフェース・ヘルメットを脱いで、床に放り出した。カーリー本人は、目鼻立ちのくっきりした、少しやせ気味だが可憐な少年だ。基本的に引きこもり気質なので、ほとんど軟禁に近い今の環境はカーリーにとって快適だ。食事や風呂に入るために移動することすら、めんどうくさがる人間である。

「頼めば、連邦政府の人がなんでも買ってきてくれるものねー」

カーリーは、上体を倒し、ベッドとしても使用している大きなソファに背を預けた。右手で操作デバイスを動かし、左手だけでポテトチップスの袋を器用に開け、手を脂と塩で汚さないように、袋を口につけてポリポリとかじる。手は汚れないが、チップスの欠片がソファや床に散る。

「ドローンも、トビーの仕事のやりかた、ずいぶん勉強したようだし、これならある程度のことは、ドローンだけでできそうだな。次があれば、だけど」

カーリーは右手に握ったままの操作デバイスを動かし、大きな壁面ディスプレイにガイアネットに流れるニュースを映し出した。

「今日も世界は大混乱、と。まあでも、ちょっと前よりテロみたいなのは減ってるよね」

モルダー星系の最期を記録した映像は、それまで地球に残っていた〝地球はこのまま崩し崩し的に粛清者との戦いに巻きこまれてもいいのか？〟という意見を、あっさりと吹き飛ばしていた。

膨れ上がる太陽。高熱にあぶられ、一瞬で白く泡立ち、蒸発する海。都市も畑も、森林も草原も、何もかもが表土ごとえぐられ、吹き飛ばされる大地。

地球人の一部にまだ残っていた〝粛清者は銀河文明評議会と敵対しているのであって、地球の生命や人類を敵視しているのではない〟的な、根拠のない楽観論は、惑星モルダーの生命が、植物から昆虫からバクテリアに至るまで、一瞬で絶滅に追いこまれたことで完全に消え去った。

粛清者が、そもそも生命というものにまるで敬意を抱かない存在であることを、地球の人々は目の当たりにしたのである。

カーリーはガイアネットのSNSを使って、顔も名前も知らない世界じゅうの友人たちと、この件でおしゃべりを楽しんだ。

『おもしろいよね。だいたい、これまでだって太陽をろうそくみたいに吹き消してたんだから、最初っからそーゆー敵だってわかってたはずじゃん』

〝マトリョーシカ〟というハンドルネームの知人が、カーリーの意見に反応した。

『粛清者は、会話不能。だから、キャラが立ってない。公式設定のない敵キャラ。なので、地球の皆は、自分の趣味や主義主張に合わせて粛清者のキャラをでっちあげ、それをもとにあれこれ話をしていた』

マトリョーシカは独特の訥々《とつとつ》とした表現を使う。

『多かったのがロボット・人工知能型の敵キャラ。プログラムされたとおりに人類を襲う。それなら、プログラムの穴をつけば襲われずにすむ、という願望に基づいた物語に合わせやすい』

『あー、そっかそっか。粛清者と戦わずにすむって思ってた人たちって、粛清者は人類を憎んでるんじゃない、命令に従って戦ってるんだ、と思いたがってたのかー』

『そう。でも、モルダー星系の戦いで太陽にミサイルを撃ちこんで惑星を焼き払ったことで、憎んでないにしても、粛清者が本気でこっちを殺そうとしているのは確定』

『本気度高いよねー、あいつら』

『地球人の感覚で言うと、害虫――たとえばゴキブリを駆除するノリに近いと思われる』

『わかるわかるー。ボクだってゴキブリを憎んでるか、というとわかんないけど、部屋に出たらほかの何を放り出しても殺すしかない、とか思っちゃうもの』

『完璧に同意。やつらと人類は不倶戴天《ふぐたいてん》。あたしもゴキブリに支配された惑星があれば、ゴキブリを始末するため、惑星の生き物全部を一緒に焼き払う覚悟がある』

『ボクはそこまでやらないよ！』

ふざけた会話で息抜きをしていると、仕事の緊張で強張《こわば》っていた脳の中が緩んでくるのがわかる。カーリーは欠伸をしてからＳＮＳに文字を入力した。

『じゃあボク、もう寝るね』

『おやすみ。こっちはこれから仕事』

『がんばってねー』

『がんばる』

カーリーはマトリョーシカと激励を交わし、ログアウトした。

そして、カーリーと会話していたマトリョーシカことノンナ・ヤコブレフは端末を閉じると、発音の怪しい日本語でつぶやいた。

「ガンバルゾー」

ノンナはついこの間までオーストラリアの砂漠に作られた完全環境都市《アーコロジー》サンドキングスの水耕農場で働いていた。その後、地球脱出用のスペースコロニーの閉鎖環境システム職員として働くことになったが、どういうわけか友人のナターシャと一緒に、ナターシャの上司である中島弥平《なかじまやへい》の秘書役についている。

中島はサンドキングスの閉鎖環境システムの主任管理官として人工的な生態系管理の実績を上げてきた。地球脱出用スペースコロニーの艤装委員ならびに閉鎖生態系主任監督に抜擢されたのもそのためだが、今はそちらと同時に、世界じゅうで建設されている地下シェルターの環境システム設計と改良の仕事に忙殺されている。

端末を閉じて自室を出たノンナは、ノックもせず、中島の部屋にずかずかと入りこんで叫んだ。

「おらー、ゴシュジンサマー、起きろー」

ベッドの上で丸くなっていた毛布がびくっ、と動き、続いて止まる。

ノンナのいつも眠そうな目が、じーっと毛布の山を見る。

毛布の山は動かない。

ノンナは、はーっと、ため息をついた。

「ゴシュジンサマ、また寝ないで仕事してましたね。寝るのも仕事だとあれだけ普段から言ってるのに」

「いやまあ、その、どうにも眠れなくてね」

中島はメモ帳を手に毛布の中からゴソゴソと這い出した。何か思いつくと、メモ帳に自分にしか分からない略号や図を描いて思索するのが中島の癖だった。

「五十時間ぶりにまともな休みをもらっといて、そのザマですか、ゴシュジンサマ」

「その〝ゴシュジンサマ〟って日本語やめてくれないかな、ノンナ。部下が上司を呼ぶ時に使わなくもないけど、一般にはメイドや執事のような仕事の人が使うもので、今の日本では、漫画とか特殊な趣味の人向けのお店でしか聞くことはないから」

「じゃあ、ダンナサマ」

「その呼びかたも、女が男に使うと、おかしいニュアンスの日本語になるんだよ。ノンナにはわからないだろうけど」

「あたしと結婚すれば、おかしくなくなりますよ」

「わかっててやってたのか！」

「冗談です」

「ノンナの冗談は、心臓によくないよ」

「はい。正妻の地位はヤンデレ気質な親友に譲るので、あたしが狙うのは愛人の地位です。この場合でもダンナサマはおかしな表現にはなりません」

「それも冗談だよな⁉」

ぶつぶつと中島は文句を言ってからベッドを抜け出した。

ノンナに世話を焼かれながらシャワー、着替え、朝食をすませ、意外なほどすっきりとした気分で中島は自分のオフィスに戻った。中島のこのオフィスでの肩書きは一号スペースコロニーの閉鎖生態系主任監督だ。

「おはよう、ナターー……シャ？」

「あ……おはようございます……」

目の下にどんよりと隈《くま》を作った補佐官のナターシャ・ツポレフが挨拶を返す。

「ナターシャ、交代」

絶句して立ちつくす中島の横を通って、ノンナがナターシャに声をかける。

「ノンナ……これ……」

「わかってる、わかってる。今は休んで」

仕事の引き継ぎをしようとするのを手で押さえ、ノンナはナターシャを立たせるとオフィスから追い出した。

「じゃ……寝てくる……」

「ちゃんと着替えて寝るんだよ。替えの下着とパジャマ、ベッドの上に出しといたから」

ナターシャが部屋を出てドアを閉じると、中島が恐る恐るノンナに声をかけた。

「ナターシャはいったいどうしたんだ。そんなに仕事を残していたはずはないんだが」

「仕事をしていたというか、仕事を増やさない仕事をしていたというか」

「どういうことだ？」

「世界じゅうのシェルターが、今、改修と補強工事をしてる。でも、どこまでやれば安全なのか、自分たちが見落としをしていないか、皆が不安がってる」

惑星モルダーの惨劇は、地球の各地のシェルター担当者にパニックを引き起こした。

粛清者の攻撃で太陽表面爆発によって地上の海や川が蒸発し、猛烈な水蒸気の津波にさらされた場合、自分が担当するシェルターにどのようなトラブルが生じるのか。手なおしが必要ならどうすればいいのか。今の補強工事でまにあうのか。

これらの疑問に、地球連邦はまだ答えを用意していない。地球の環境が太陽嵐にさらされたさいに、何が起きるのかでさえ、迎撃の成功率によって大きく幅がある。

「なので、各担当者はアドバイスを求めている」

「それがナターシャの疲労とどう関係するんだ」

中島の言葉に、ノンナはこの男は本気で言ってるのか、という目で中島の顔を見る。

「アドバイスを求められているのは、ナカジマ。あなた」

「え？」

「シェルター建設公社顧問のアロイス女と一緒に、ナカジマ・システムを作り上げたあなたの評判は、あなたの知らないところでヤナギ昇りしている……コイ昇りだっけ？」

「ウナギ昇りだ。というか、アレ、そんなに高い評価なのか？」

「シェルター同士を、地下トンネルで結んだのが大きかった。地上が高温、高圧の環境にさらされた時、あれが命綱になる」

「そりゃそうだけど……偶然だぞ？」

中島がアロイスのマキモグと考えた時には、シェルター同士を連結させて人や物資を補完するアイディアこそが重要なのであって、それを地下トンネルにしたのは、〝どにかくシェルターに空きスペースを増やしておけば、そこに何か詰めることができるし無駄にはならない〟くらいのつもりだった。

「その偶然が重視されてる。世界じゅうのシェルター関係者が、ナカジマはツイてる、と思っている。そのツキにあやかりたい人が大勢いる」

「贅沢かもしれないが、もうちょっとほかの部分で評価されたいなぁ……ツキなんか、おれに期待されても困るよ」

「ゼイタク言わない。でもって、なんでもかんでも、ナカジマに聞きにくる。あなたの〝ダイジョウブ〟という一言が欲しくて。でも、あなたじゃダメ。なぜならあなたは、気やすめが言えない。安請け合いしない。逆に相手を不安にさせるようなことを言いかねない。だからナターシャが、代わりに答えてる。相手の不安を汲みとって、言い立てる問題点を吟味して、本当の問題点と、そうじゃないものとをより分けている。オワカリ？」

ナカジマは素直にうなずいた。

「わかった、まったく気がつかなかった……ありがとう」

ノンナは小さくため息をついた。

「ナターシャは、あなたに知られたくない。あなたに負担になるようなことは、したくないと本気で思ってる。ほんとならアリガトウは、ナターシャに言うべき。だけど、今は言ってはダメ。すべてが終わったら、心から感謝して」

「あ、ああ、そうだな……」

ノンナは、ずい、と顔を中島に寄せて、じっと目を見つめた。

「心からの感謝の意味、わかってるか？　言葉じゃダメ。態度、行動、ヤルこと。ナターシャが欲しいものを与える。わかった？」

「わかった……」

ノンナの迫力に負けて、思わずうなずいた中島を見て、ノンナはにっこり笑った。

「それでヨロシイぞ、ゴシュジンサマ」

「だから、その、ご主人さまってのは、やめてくれって……」

ノンナは笑いながら、部屋を出ていった。

その背中を見送って中島は思った。

——すべてが終わる時というのは、いつのことなのだろう。このシェルターの建設が終わる時なのか、シェルターでの生活が終わる時なのか……それとも。

中島は、最後の答えを頭から振り捨てるように大きく首を振ると、執務机に向かった。

——それは答えじゃない。それは正しくない。おれの仕事は、その答えにならない式を組み立てることだ。何千、何万、何億とある組み合わせの中から、最良の答えを見つけることだ。

中島はベッドの中で書き記したメモを机の上に広げ、考え始めた。

3　帰　還

　恵一がその知らせを受け取ったのは、地球の転移ゲートに向かって航行する地球軍独立艦隊の旗艦ヤタガラスの戦闘指揮室の中だった。

『太陽系に粛清者の二回目の転移があったのですか！』

『はい、地球時間で今から三時間ほど前に、座標は少し離れていますが、太陽系外周部に粛清者の艦隊が転移してきました。数は、十六隻。内訳は、軽巡航艦二隻、駆逐艦八隻、ほかの六隻は情報収集艦でした。すべて太陽系の外周部で前衛警戒部隊が撃沈し、太陽系防衛部隊に損害はないそうです。現在太陽系の防衛機構は臨戦態勢のまま、粛清者《しゅくせいしゃ》の攻撃に備えています』

『そうですか……それはよかった。しかし、なぜ、その情報がわれわれのところに届かなかったのでしょうか？』

　意識空間に立ったシャロムは、うなずいた。

『あなたの疑問は、もっともです。それは指揮系統の違いです。太陽系に移動して、レキシムの指揮下に入るまで、あなたがたはケイローン第三軍の指揮系統下にある途上種族艦隊という扱いです。まして、今回の粛清者の転移攻撃も、前回と同じく、きわめて少数の艦を送りこんできただけの偵察行動であり、大規模侵攻ではないと判断され、転移警報が発令されなかったため、情報伝達の優先度が低かったためでもあります。しかし、途上種族の母星に関する情報は、指揮命令系統に関わらず、その種族に対し最優先枠でダイレクトに流すべきですね。ケイローンに改善を申し入れます』

『よろしくお願いします。今回の十六隻の粛清者艦隊の転移についてですが、大規模侵攻ではないと判断され、警報が発令されなかったという点では、前回の転移時と同じ扱いになるわけですね。このような小規模の転移が続いた場合、恒星間同盟防衛機構総本部は、どのような対応を取るのでしょう？　転移してきた粛清者は、今はまだ、五十隻にも満たない小艦隊ですが、この状態がこのまま続くとはかぎりません、百隻、二百隻という数になれば、太陽系防衛軍艦隊にも損害が出始めるでしょう。どのレベルに達した時、警報が出るのか、そのガイドラインのようなものはあるのでしょうか？』

シャロムは、眉をひそめた。

『それが……このような少数の艦を転移させてくるという事案は、前例がまったくないため、いまだ明確なガイドラインが作られておりません。状況を積み重ねた上で判断することになるとの回答でした』

『要するに、簡単に言ってしまえば、粛清者が本気にならないかぎり警報は発しない。太陽系に派遣した増援部隊で対応できるうちは、そっちで対応しろ。そう理解してよろしいですね？』

『ええ、ざっくばらんに言ってしまえば、そういうことになります。しかし、恒星間同盟防衛機構総本部は、対応をすべて押しつけたわけではありません。〝対応できない規模の転移攻撃を感知した場合は、ただちに警報を発し、応援を要請せよ〟とのことでした』

『それは理解しております……つまりわれわれは、地球連邦軍の防衛体制と、ケイローン軍の戦力再編で遅れている親衛義勇軍艦隊と、ほかの種族の増援体制が整うまでの時間稼ぎとして送りこまれる、という認識でよろしいのですね？　この、われわれが乗りこんでいる新型艦も、母艦に搭載されている新型の機動戦闘艇も、すべてはそのための先払いの報酬であると……』

シャロムは、おかしそうに小さく笑ったあとで、真面目な顔で応えた。

『アリサカ少将。あなたはさまざまなものを、ケイローンから吸収しましたね。今の言いかたは、実にケイローンふうです』

『申しわけありません』

シャロムは笑いながら首を振った。

『謝る必要はありません、褒《ほ》めているのです。優遇されるのには理由があります。なんの利益ももたらさない、能力のない人間を優遇する理由はありません。世の中には見返りを要求しない無償の奉仕をしてくれる人もいます。しかし、その多くは値段のつかない見返りを求めているのです。働きに見合った報酬、それが社会の基本構造です』

『働きに見合った報酬というのは、逆に言えば、報酬をもらったからにはそれに見合った働きをしろ、ということですね』

『はい、あなたは期待されています。ケイローンは、今まで途上種族に対しさまざまな援助を行なってきました。しかし、これほどまでの厚遇を与えたことはありません。太陽系防衛のためのさまざまな技術供与、各種装備、建設機械の貸与、脱出船の数、どれをとっても破格の扱いです。ケイローンは地球人の可能性を信じています。たとえ太陽系を喪《うしな》ってロストゲイアーとなっても、地球人が流浪の民となることはないでしょう。ケイローンは、シュリシュクの連結コロニーのひとつを地球人に貸与し、ケイローンの庇護下において眷属《けんぞく》に組み入れると、わたくしは見ています』

恵一は驚いた。確かに、シュリシュクの惑星サイズの連結コロニーには、いくつものロストゲイアーたちが収容され、ケイローンの庇護下にある。しかしその多くが、アロイスと同じレベルの種族であり、地球人のような未開の星系に住む途上種族はほとんど存在しない。

恵一の顔に浮かんだ驚きを、シャロムは見逃さなかった。

『ケイローンの価値観から考えれば、なんの不思議もありません。功績を上げた者にはより多くの報酬を与える。それを徹底することで、社会のモチベーションを高めるのです。見捨てます。ケイローンは、すわりこんで何もせず〝なんとかしてくれ〟としか言わない者は、見捨てます。たとえどんなに非力でも〝なんとかしよう〟と動くものを救います。われわれアロイスは軍事的に非力で、粛清者との戦いにおいてはほとんど貢献できていません。軍事的な能力だけで計られれば、何ひとつ報酬を得られることなく見捨てられたでしょう。しかし、われわれアロイスには途上種族を見守り、育成し、指導する能力がありました。その能力を評価され、ロストゲイアーの地位から、現在の地位を得たのです。地球人が厚遇されるには、されるに足りる理由があります。あなたはここに至るまでの戦いで、それを証明して見せました。

われわれアロイスの得意とする分野は、途上種族の若者の思考走査を行ない、価値観や、判断力、特性、公徳心、自律心などを調べ、あなたのような可能性を持った存在を探し出し、機会を与えることです。そうして選び出した存在が、才能を開花させる姿を見ることが、われわれアロイスにとって無上の喜びなのです』

『ありがとうございます。地球人は未開の種族であり、軍事的にも文明的にも弱小で、自分の恒星系を自力で守ることすらできません。地球人が生き残りたければ、誰かの……ほかの種族の援助を求めるしかありません。そして、ケイローンに支援を求め、〝魂の試練〟を受けると聞かされた時、わたしは考えました。もしわたしが助ける側にいたとしたら、どんなやつなら、自分が危険を冒してでも助けたいと思うだろう？　と……。

助けたい相手は、親友、恩人、恋人、そして子ども、さまざまなケースがあります。しかし、そのどれにも共通なのは、危険を冒しても助けるに足りる理由があるということです。親友には信頼が、恩人には恩が、恋人には愛が、そして子どもには未来という理由があります。

地球人にも、理由があればいいのです。他者から信頼され、他者に恩を与え、他者に愛され、そして未来がある。そんな種族になれば、きっと、窮地に陥った時、誰かが助けの手を差し伸べてくれるに違いない。そして今、わたしたち地球人を助けることができるのは、強大な軍事力を持つケイローンだけです。ならばケイローンにとって、地球人類とは助けるに足りる種族である、そう判断されるように努力すればいい。ケイローンの援助があれば地球人類は救われる、そう考えたのです』

『なるほど……助けるに足りる種族。ですか……確かに、その目的は果たせましたね』

『はい、しかし、これは本当の目的ではありません。わたしにとって、今までの戦いはすべて予行演習であり、手段を手に入れるための過程にすぎません。たとえどれほど戦果を上げようと、どれほどケイローンに評価されようと、地球を喪えば意味がありません。わたしの本当の目的は、これからの戦いに勝利し、地球を守りぬくことです』

シャロムは、静かに応えた。

『それは、一人でできることではありません。多くの人々の想いと力を結集して、初めて成し遂げることができます。でも、地球に暮らす人々の中には、あなたの想いや努力を理解しない人もいるでしょう。それは仕方がないことなのです。自分たちの故郷である惑星を喪うということがどういうことなのか。その結果、自分たちはどんな境遇に陥るのか。それは、その境遇を味わった者でなければわかりません。

だから、だからこそ、われわれアロイスは、あなたがた地球人類への助力を惜しみません。アロイスを信じてください。たとえ、同胞から心ない言葉を投げつけられたとしても、アロイスはあなたの味方です。最後まであなたの味方であり続けます。それを忘れないでください』

『ありがとうございます……』

『わたくしは、このシュリシュクで、ナイツ中将と共に連絡事務官としてケイローンとの折衝にあたります。ケイローン軍中枢の動向や情報をいち早く捉え、太陽系防衛軍総司令部のレキシム宛に送るのが、わたくしの任務となります。ケイローンと、その上級種族であるキレナスやモンロールは、今、総力を上げて粛清者の新兵器に対抗する装備や戦術を開発中です。なんらかの対抗策ができしだい、太陽系防衛に投入するように働きかけます……』

シャロムはそこで言葉を切ると、視線をはずして、自分の手元を見た。

『そろそろ、次のゲートに差しかかりますね。それを抜けると、そこは地球の静止衛星軌道です。レキシムによろしくお伝えください』

『了解しました。重ね重ね、ありがとうございます』

恵一が敬礼すると、シャロムは、にっこり笑って答礼し、意識空間から消えた。

小さく、ふう、とため息をついたあとで、恵一は意識空間の中に向かって呼びかけた。

『バーツ、ライラ、ラク、オルガ……そしてタムイとリー。今のシャロムとの会話を聞いて、どう思う？　率直な意見を聞かせてくれないか？　地球に戻ったら、もうそんな話をするヒマなんかないと思うんだ』

恵一の思念が意識空間に投げかけられるのと同時に、バーツたちが意識空間の中に浮かび上がってきた。

『了解。おまえに言われたとおり、モニターモードで聞かせてもらっていたが、おれたちが聞いていたってことは、シャロムにも伝わっていたんだよな？』

『ああ、向こうにはわかっていたはずだ。特に秘密にするような内容でもないし、シャロムは、みんなにも聞いて欲しかったんだと思う』

『聞いて驚いたのは、地球が二回目の転移攻撃を受けたって事実ね。三時間も過ぎてから知らせを受けるなんて、たったの十六隻だからよかったものの、これが何万隻もの艦隊だったらどうするのよ』

怒るライラを見て、ラクが応えた。

『何万隻もの転移攻撃だったら、即座に警報が出ただろうね。警報は全域に届くからその時点でわかる。今回は警報ではなく、ただの事案速報だから届かなかったんだと思うな。それよりおれが気になったのは、シュリシュクにある恒星間同盟防衛機構総本部に、まだ明確なガイドラインができていないという点だ。転移してくる粛清者の数は最初が八、今回が十六、もしかして、次が三十二、六十四、百二十八、と倍数で増えていったら、あっというまに一ギガ超えるぞ』

『それは単位がメガだからです！　昔のコンピューターのメモリの数値ですか！』

ツッコミを入れたオルガの思念に、笑いを返しながら、バーツは思った。

――今、この時だから、ラクの軽口を笑い飛ばせるのかもしれない。ケイイチの言うとおり、この先こんなふうに気を抜いて、軽口を飛ばし合えるような時がいつ来るのかわからない。もしラクの言うとおり、六十四隻、百二十八隻と増えていくのだとしたら、その次は二百五十六隻だ。そこまで増えたら、もう、軽口なんか飛ばしてはいられない。真剣に生き延びることを考えて、戦い続ける日々がそこに待っている。

バーツがそんなことを考えていると、今まで黙っていたタムイが思念を送ってきた。

『われわれに最新式の高性能装備を与え、太陽系防衛に便宜をはかるというケイローンのやりかたは、ケイイチと地球人類への高評価から来るものだけなのだろうか？　ケイイチの指揮能力が秀逸であることは認めるが、恒星間同盟防衛機構総本部の思惑はそれだけではないような気がする。過去百年のあいだに、銀河系全体の途上種族の星系で、銀河文明評議会が粛清者の侵攻に対して防衛に成功した恒星系は三十二星系。それに対し、防衛に失敗した星系は六十七星系に及ぶ。今回の地球軍独立艦隊に対する厚遇は、モルダー防衛戦に失敗した銀河文明評議会が、途上種族やロストゲイアーたちの支持を喪わないために、体裁よくケイイチと地球人類を持ち上げ、宣伝用の看板として使おうとしていることではないのか？

わたしの言っていることは極論かもしれない。しかし、銀河文明評議会の社会構造を分析して見ればわかるだろうが、この階層社会を最下層で労働力として支えているのは、ドローンと、そしてロストゲイアーたちだ。その種の奉仕労働力は階層化が進んだ社会構造では、必要性が高まることはあっても、低くなることはない。つまり、中級種族以上の銀河文明評議会の種族は、常に労働力としてのロストゲイアーを必要としているということになる……』

タムイの思念を聞いたライラは、首を振った。

『銀河文明評議会は、わざとロストゲイアーを作り出しているって言いたいわけ？　あたしは、それはないと思うわ。だって、ロストゲイアーは銀河文明評議会にとって負担でしかないのだもの。彼らはいわば難民で、生産能力はゼロよ？　何十億何百億という人類の衣食住のすべてを負担しなくてはならないわけで、そのコストは莫大なものになるわ。それを考えたら、ロストゲイアーは少ないほうがいいに決まっているじゃない！』

　オルガもうなずいた。

『ケイイチを賞賛し、地球人類を褒めたたえ、高い報酬を与えることは、確かにプロパガンダの意味合いがあるのかもしれません。しかし、それはすべてを失ったロストゲイアーたちを奮起させ、モチベーションを与えるために有効なことではないかしら？　やればできる。何かをやり遂げれば、それにはちゃんと報酬があるのだというのを見せるのは間違いではないと思いますわ』

　タムイは難しい顔になった。

『確かに、すべてを喪い、打ちのめされ、無気力になった種族を叱咤《しった》激励《げきれい》する効果はあるだろう。だが、このような競争原理によって人を管理するのは、とても難しいことなのだ。この方法は、上位にいる二割から三割に対しては実に効果的だが、それ以外、つまり全体の七割から八割は、徐々にモチベーションを失い、脱落していくということだ。特に、最下位の一割から二割は、チャレンジすらせず、競争に背を向け、最初から脱落してしまうことが多い。

　ケイローンはそれを理解したうえで、あえてその方法を取っているとしかわたしには思えない。ケイローンが、いや銀河文明評議会が求めているのは、この競争原理に勝ち抜いた種族だけで、それに勝てなかった種族にはまったく興味がないのだ。滅亡しようが、衰退しようが、そんなことに関わるつもりはない。

地球人類は、ケイイチ・アリサカという人間がいたおかげで、この競争のスタートで優秀な成績を収めた。だが、競争はそれで終わりではない。競争は始まったばかりだ。地球人類は、この先、未来永劫、常にトップグループに存在しつづけなくてはならない……』

ライラがうなずいた。

『それは仕方がないことよ。銀河文明評議会に加わった時から、それは運命なんだと思う。今さら、そんなのは嫌だと言ったって、抜けさせてもらえるわけじゃないし。抜けたら粛清者がお目こぼしをしてくれるわけでもない。あたしたちは生きていかなくちゃならない。生きるってのは競争よ。大自然と同じ法則があたしたちを支配しているだけのことだわ』

『その点についてはわたしも同じ考えだ……』

うなずくタムイを見て、ライラは怪訝《けげん》な顔になった。

『はあ？　じゃあ、結局あなたは何を言いたいのよ！』

『結論を言う前にきみが発言したので、それを聞いていただけだ。わたしが言いたいのは、銀河文明評議会もケイローンも、すべて冷徹な競争原理で動いており、地球人類がこの先、文化的に独立した種族として生きていくには、常に途上種族の中で上位にいつづけなければならない運命にある。そのためには、ケイイチ・アリサカのような人間が常に必要だ、ということだ。ケイイチは一人しかいない。第二、第三のケイイチを探し出し、育成することが、今のわれわれに求められているのではないだろうか？　士官学校に入学し、今、われわれの部下となっている練習生の中に才能を持つ者がいれば、その者を保護し、安易に戦死することのないように、守らねばならないのではないか、ということが言いたかったのだ』

『そういう話ね。タムイの話は、短い時もあれば長い時もあって、時どきわかりづらい時があるのよね……でも、言われてみればケイイチの後継者なんて、考えたこともなかったわ』

『未来と現在は連続している。未来がやってくればそれは現在になる。未来と現在を違うものと認識することが間違いだ。わたしはその上で問いたい。われわれは銀河文明評議会の仕掛けた競争原理の中にいる。ならば、それと同じ原理を練習生に用いるべきなのだろうか？』

　ラクが聞いた。

『それって、つまり上位の三割のみに高い報酬を与え、他の七割に対しておまえらも上位に食いこめばより良い報酬をもらえるのだぞ、と示し、それによってモチベーションを維持するって方法を取るべきか？　ってことか？　その評価方法は、組織の中でひと握りのエリートを選抜するには効果的かもしれないけど、それは逆に言えば、エリート以外を切り捨てるってことだ。人的資源の使い捨てみたいなものになりかねないぞ』

『でも、銀河文明評議会そのものがそういう価値観で動いている組織なのですから、その一員として生きていくにはそれを受け入れるべきなのかもしれませんね……難しいところです』

オルガがそう応えた時、今まで黙って思念のやり取りを聞いていた恵一が、ゆっくりと応えた。

『銀河文明評議会のやりかたは、有り余る人材の中から、使える人間を選抜するためには有効かもしれない、でも、限られた人材には向いていないと思う。

そもそも士官学校の練習生は、アロイスの選抜を受けて入ってきた子たちだ。いわば、誰もがエリートになれる素質がある。その証拠に、練習生同士のあいだでの多少の軋轢《あつれき》はあるが、派閥を組んで抗争したり、嫉妬や僻《ひが》みによる妨害、中傷、仲間はずれ、という事案はほとんどない。これはつまり、彼らはそういう行為の愚かさを理解し、感情で動かずに踏みとどまる強い意思と理性を持っているという証拠だ。

上位の人間を選び出し、それに報酬を与えても、理性で動くことのできる人間をさらに競わせるのは難しい。指導者がするべきことは、さらなる競争を与えることではなく、もっとも多いボリュームゾーンにいる連中を、どう動かすかだと思う。

同じレベルの才能の群れの中に安住してしまうと、その人間の行動目標が変わっていく。その群れの中にいつづけることが目標になる。優秀な人間だけを集めた組織が、思ったよりうまくまわらない理由は、優秀な人間は優秀であるがゆえに、自分の能力が見えてしまうからだ。合理的に考えることができる人間は、無駄だとわかった時点で努力することをやめてしまう。怒りや嫉妬、肥大した自尊心による、感情のパワーで挑戦してやろう！とは思わない。そういう人間に必要なのは、得意な分野を見つけて、その能力を伸ばしてやることだ。才能というのはひとつのモノサシだけで計れるものじゃない。軍事的に無力なアロイスが、途上種族の育成《リフトアップ》の能力で認められてロストゲイアーから這い上がったように、能力を認め、さらなる伸びしろを作ってやることで、停滞の沼から這い出せるようになると思うんだ』

恵一の思念を黙って聞いていたリーが、笑いながら応えた。

『それはおれに対する当てつけか？』

『いや、そんな意味はない、気にさわったなら謝るよ、ごめん！』

慌てて頭を下げた恵一を見て、リーも慌てた。

『あ、いや、ちょっとした冗談のつもりだったんだ、本気にしないでくれ。というか、おまえの言うとおりだと思う。その証拠がこのおれだ。才能というのはいわゆるオールマイティでなければならないということではない。そりゃあ、総合評価というのはあるだろうが、一芸に秀でているのなら、その一芸をもって敬されるべきだ。ありとあらゆることが、オール七十点という、コンビニエンスストアみたいな才能だって、一芸といえば一芸だ。つまるところ、自分を高めよう、自分を書き換えよう、よりよい自分になろうという意思さえ持っていればいいと思う。才能なんてのは、どこで花開くかわかりゃしない。この点は、ケイイチも同意するだろう？』

『大いに同意するね。アロイスの選抜に引っかからなかったら、おれは今ごろ、日本の東京の片隅の分署で、小隊長あたりをやっているだろう。おれは戦記マニアで、シミュレーションゲームとかも好きだった。そういう意味では下地はあったんだろうが、自分に艦隊指揮の才能があるなんて思ってもいなかったからね……』

恵一はそこで言葉を切ると、意識空間にいるメンバーを見まわして思念を続けた。

『練習生の評価と管理については、ケイローン流の競争原理は使わない。というよりも使う必要がない。モチベーションをかき立てて叱咤するよりも、彼らのケアに重心を置く方が効果的だと思う。彼らはおれたちと同じように、実戦をくぐり抜けた。しかし、これから始まる地球防衛戦は、今までの戦いとは違う。地球人類全体からの期待という名前のプレッシャーは、今までの比じゃない。おれたちと練習生は、そのプレッシャーの下で、ひとつのミスも許されない、負けることの許されない戦いをやらなけりゃならない。絶対にケアが必要になるだろう』

ライラがぽつりと言った。

『そういえば、シャロムも言っていたわね。わたしたちは理解されない、ひどい言葉を投げつけられることもあるだろう……って』

タムイは、うなずいた。

『そのとおりだと思う。地球では避難と脱出が始まろうとしている。資産も何もかも置いたまま、住み慣れた故郷を離れる避難民にとって、それは苦しみと痛み以外のなにものでもない。もしわれわれが、完璧に粛清者を防ぎ、パーフェクトゲームをやってのけて、太陽系を救ったとしても、その人たちはわれわれに感謝しないだろう。逆に、〝なんだ、何もなかったじゃないか、無駄なことをさせやがって〟、そう言ってわれわれを恨むだろう。完璧にやり遂げてなお、叩かれるのがわれわれの仕事なのだ。だが、そんな声ばかりではあるまい。その声をかき消すような賛辞もまた受け取れるはずだ。練習生たちには、相手の悪意を受け取らないように、そしてそれを打ち消す言葉を示し、ケアすることがたいせつだと思う』

『ケアか……飲み会の頻度が上がるな……』

そうつぶやいたバーツを見て、オルガは呆れたように応えた。

『あなたは、飲んで馬鹿騒ぎする以外に、ケアの方法を知らないのですか？』

『いや、馬鹿騒ぎって、一番手っ取り早くて、結構効果があるんだぜ？　アメリカ空軍のパイロットとかは、出撃のあとは馬鹿騒ぎして、ストレスを開放させるのを奨励されていたくらいなんだから』

バーツがそう言いわけした時、意識空間に、ロボの思念が流れた。

『太陽系ゲートのオープンまで、あと四十五分です。最終チェックを開始してください』

『いよいよ故郷に帰還か……』

『地球についたら山のようなセレモニーが待ってるぜ、きっと。地球のお偉がたは、そういうのが好きだから。ケイローンとか、アロイスとかの価値観とは真逆だよな』

『居眠りしないでよ、バーツ。恥ずかしいから。寝そうになったら腕の端末から戦術支援AIに覚醒波を送ってもらいなさい。電気ショックでもいいわよ』

『ひでえなあ……』

ライラの言葉に、バーツが苦笑いを浮かべた。

『さあ、ゲートに入る準備だ。地球で、また会おう』

『了解！』『じゃあな』『地球で！』

バーツたちはそれぞれに短く思念を返して、意識空間から消えていった。

感応端末から意識を切り離した恵一は、目の前のモニターに映る外部光学センサーの映像を見つめた。

目の前には、巨大な円環が迫っている。

『ゲート作動開始。亜空間固定ジェネレーター始動。転移する地球軍独立艦隊各艦は、推進器出力を規定値にダウンせよ。以後、各艦はゲート管制官の航法コントロール下に置かれる。転移次元断層の固定が終了し、次元断層固定後に、管制官の指示が出る。各艦は進行表示に従い前進し、ゲート内への進入を開始せよ』

管制官の指示が、恵一の意識の中に流れこんできた。

『地球軍独立艦隊旗艦ヤタガラスは、艦隊中央に移動してください。即時戦闘隊形を組んだ状態でゲートに進入していただきます』

『了解しました』

やがて、コンソールに〈前進せよ〉の文字が浮かび、意識の中に管制官の思念が流れこんできた。

『転移次元断層固定終了。重力波安定化終了。質量転換異常なし。地球軍独立艦隊微速前進！　ゲート内亜空間に向かって進行してください』

『地球軍独立艦隊、了解！　艦隊、前進開始！』

恵一の命令を受けて、地球軍独立艦隊は、紡錘形を引き伸ばしたような陣形を組んだまま、ゆっくりと巨大な円環の中央に向けて進み始めた。

『ゲートを出れば、そこは閣下の母星の衛星軌道上です。ご武運を！』

『お心遣いに感謝します！』

恵一は短く思念を返すのと同時に、細長い陣形の先頭に立つ駆逐艦が、円環の中に消えていった。

ヤタガラスの艦首が、鏡のような平面に飲みこまれ、一瞬ふっと意識が消えた。だが、
それは本当に一瞬だった。気がつくと、恵一の目の前に青い球体が浮かんでいた。

――地球ってこんなにも小さく、儚《はかな》げな星だったっけ？　いや、脳内でシュリシュクと比較してしまうから、そう思えるだけなんだ。

恵一がそんなことを考えていると、意識の中にアロイス特有の、テキパキとした思考が飛びこんできた。

『おかえりなさい、アリサカ少将閣下。わたしは〈アジーン・ゲート〉統括管理官のネハレムと申します。これより太陽系内の航法データを転送いたします。地球周辺は、さまざまな構造物が建設中ですので、指定された航路以外の航行は禁止されています。データ転送が終了しますと自動的に、航法装置が艦隊を指定された泊地《ベース》まで移動させますので、操艦の必要はありません』

『了解しました』

恵一の見ている外部モニターには、地球と月のあいだに浮かぶ巨大な壁のようなものが映っていた。

艦隊内通話と相互リンクしている意識空間の中に、自動操艦に切り替わったので気楽な

雑談モードになった部下の思念会話が、感応端末を通じて聞こえてくる。

『見ろよあれ！　すげえ構造物だ！　あれが〝長城《ロングウォール》〟ってヤツか！　石質物質のパネルで作られているって話だけど、太陽の表面爆発にどの程度まで耐えられるのかな？』

『あんなすごい構築物を見ると、なんだか、〝太陽系要塞〟ってイメージだね』

『おれには、水害に備えて堤防に積み上げている土嚢《どのう》みたいに見えるけどなあ』

『確かに、土嚢と言われてみればそのとおりだな。月の土を詰めて積み上げているようなものだし』

『ロマンがないな、おまえら……』

『あれに鏡を貼って、太陽光を集中させて、恒星反応弾を迎撃できないかな？　ソーラ・レイみたいに……』

『亜光速で飛んでくる恒星反応弾に、焦点を合わせ続けるのは難しいだろう』

『それもそうか』

『それよりも、見ろよ、地球だぜ』

『こういうとき言うセリフってなんだっけ？　〝何もかも、みな懐かしい〟……だっけ？』

『そんな古いアニメのセリフなんか、だれも知らないわよ』

『突っこむおまえが、なんで知っているんだよ！』

『戦闘配置につく前に、三日ぐらい休暇もらえないかなあ……家に帰りたい』

『どうかなあ？　転移攻撃が始まっているし、もらえても半日くらいじゃないか？』

うす青く光る地球を真下に見下ろして、雑談を交わす部下たちの思念には、安堵と郷愁が入り混じっていた。

――休暇か……状況が許せば、二十四時間、いや、四十八時間くらいは与えてやりたいものだな……。

恵一がそんなことを考えた、そのとき。

意識空間に強烈な覚醒波に乗った緊急メッセージが飛びこんできた。

警報！　警報！　太陽系外周部に重力波異常を感知！　粛清者の転移と思われる！

太陽系内方面軍には緊急待機を発令！　続報あるまで即応態勢を維持し、待機せよ！

恵一は、今まで脳内に浮かんでいたすべての雑念を振り捨て、戦術支援ＡＩを呼び出しながら思った。

――ここは〝故郷〟じゃない。

ここは……〝戦場〟だ。

4　法　則

宇宙空間を百二十本の矢が飛んでいた。

それは、粛清者《しゆくせいしや》の転移警報を受けて、全力出撃したサジタリウス基地の迎撃型機動戦闘艇の編隊だった。

四機でダイヤモンド型の分隊編隊を組み、それが五個集まった二十機が一個小隊となり、さらにその小隊が三個集まって一個中隊となる。サジタリウス基地には二個中隊百二十機が配備されていた。通常、最小戦闘単位は二機編成の分隊だが、粛清者の新型艦に対して有効な攻撃手段である光子魚雷は一機あたり二発しか装備できないため、光子魚雷を効果的に集中運用できるように、四機編成の一個分隊が最小戦闘単位に改められている。

セルゲイの目の前にあるモニターの中に簡易立体表示されている相対的位置表示には、転移座標を示す赤い光点に向けて、無数の青い光点が向かっていく姿が映し出されていた。

――今回の転移座標への最短距離は、われわれのサジタリウス基地か、アクエリアス基地のどちらかだな。いよいよ実戦か……。

『重力波異常パターン解析終了！　粛清者の転移の可能性九十二パーセント！　推定転移質量はおよそ戦列艦三隻相当！』

感応端末を通じて、戦術支援ＡＩが意識の中に流しこんでくる情報を聞きながら、セルゲイは転移してくる質量を換算しようとした。

——戦列艦三隻分ということは……。

セルゲイが暗算するより早く、戦術支援ＡＩが答えを出した。

『重巡航艦に換算して九隻、軽巡航艦に換算して十八隻、駆逐艦に換算して三十六隻』

——駆逐艦ならば三十六隻か……さほど数は多くないな。

同じことを考えたのだろう、ランドルフのぼやきが聞こえた。

『戦列艦三隻分？　たったそれっぽっちかよ。だったら機動戦闘艇の基地ひとつ、一個大隊だけで充分じゃねえの？　粛清者の転移だ！　というだけで、全部隊が緊急発進するのは無駄だと思うんだよなあ……こういうのが何回も重なると、オオカミ少年みたいになって、逆効果じゃねえの？』

『確かに過去二回は、少数の敵艦が転移してきてそれで終わりだったが、今回もそうなるとはかぎらない。もしかすると、最初に少しだけ転移させて、油断させ、いっきに何万隻という数を転移させてくるかもしれない。粛清者が、どんな作戦をとるのかわからない以上、われわれはオオカミ少年の言うことを聞かなくなった村人になるわけにはいかない。

警報が出れば、律儀に緊急発進を続けるしかないのだ』

『律儀ねえ……そういうのが苦にならない、セルゲイ分隊長みたいな人間ならいいんですがね……』

ランドルフが、ため息じみた思念を返したとき、中隊長のカルニーゴ大尉からメッセージが入った。

『第一中隊長から、各機へ！　転移座標に先着するアクエリアス基地の部隊が、第一次迎撃部隊となって迎撃にあたる！　次着するうちの中隊は、二次攻撃部隊となる。一次攻撃部隊が敵を全滅させた場合、われわれは、転移座標周辺で滞留警戒にあたる！』

カルニーゴ大尉の思念を受けたランドルフが、不満そうな思念を返した。

『実戦戦闘は、またお預けっすか？　思わせぶりの肩透かしばっかりじゃねえっすか！』

『われわれ二次攻撃部隊の任務は、アクエリアス基地の連中が撃ち漏らした敵を叩くことだ。敵が全滅するとはかぎらない。仕事がないと決めてかからないほうがいいぞ』

なだめるようなカルニーゴ大尉の思念に、ランドルフは、やれやれ、という思念を返した。

『アクエリアス基地に配備されている機動戦闘艇は百二十機。おれたちと同じように全力出撃しているから、百二十対三十二ですよ？　光子魚雷の数で言えば二百四十対三十二だ。これだけの数の光子魚雷を撃ちこまれれば、たとえ敵が戦列艦でも全滅間違いなしですよ。

敵が小型艦なら、なおさらだ。対消滅で跡形も残りゃしませんよ』

『まあ、ランドルフ伍長の言うとおりだとは思うが、粛清者がふたたび転移してくる可能性は、高い……と言うよりほぼ確実だ。それに備えて、滞留警戒するのも仕事のうちだ。早く実戦に臨《のぞ》みたい気持ちはわかるが、その機会は、おそらくこの先、嫌でもやってくる。いや、嫌でも戦わなくちゃならなくなる。そうなったら、滞留警戒のほうがはるかに楽だったなあ……と思うようになるぞ。今のうちに楽な任務を楽しんでおけ。三十三秒後にアクエリアス基地の連中が接敵する。やつらの戦いぶりをよく見て参考にしろ。いい部分も悪い部分も含めてだ、次はおれたちの番かもしれないのだからな！』

カルニーゴ大尉の思念は、そこで切れた。

セルゲイは、分隊員全員に向けて思念を送った。

『外部情報リンクを通じて、感応端末の接続をアクエリアス基地のリンクと接続しろ。戦闘の状況がリアルタイムに入ってくるはずだ』

『了解！』『了解しました』『了解です』

分隊の三人が応えた直後に、リンクが繋がり、意識の中に、転移してきた粛清者の艦めがけて突き進む機動戦闘艇パイロットの視覚情報が飛びこんできた。

光学モニターの分析結果が、機動戦闘艇のメインモニターに浮かぶ。

転移してきた粛清者の艦隊の総数は三十二隻。二隻の軽巡航艦と、二十四隻の駆逐艦、そして六隻の情報収集艦によって編成された艦隊だった。

パイロットの視界の中にある位置情報表示を見ると、アクエリアス基地の迎撃型機動戦闘艇部隊は、四方向から半包囲状態で攻撃を仕掛けるらしい。

光学モニターの中に浮かぶ粛清者の軽巡航艦が閃光を発した。とほぼ同時に、接敵する機動戦闘艇部隊に遠距離ビームが飛んだ。

『撃ってきやがった！　小口径ビームの弾幕だ！　あいつは防空型だ！』

フォンセカの思念と同時に、メインモニターに質量警報のマークが点灯し、アクエリアス基地部隊の機体がぐるんと回転した。

『なんだ？』

『質量センサーが重力波の異常を検知して、回避行動に移ったんだ！　おそらく高質量散弾の発射を感知したんだろう。ニュートロニウムの微細粒弾かもしれない。あれに突っこんだら、一瞬にして穴だらけになって爆発だ。光子魚雷を撃ちこんで、対消滅で散弾の雲に穴を開けるしかない』

サカモトの言葉を裏付けるように、敵艦の手前にいくつかの閃光がまたたいた。

『突破口が開いた！』

ランドルフが叫ぶのと、その閃光がまたたいた場所に向かって、敵艦がビームの弾幕を撃ちこみ始めるのは同時だった。

『こっちから見れば突破口に見えるが、敵から見ればもぐら叩きの穴だ。そこから突っこんでくるのがわかっていれば、そこに照準を合わせておけばいい』

散弾の雲の中に、さらにいくつもの閃光がまたたく。

『こっちは数で優位に立っている。散弾の雲に叩きこんで穴を開けるために光子魚雷を使っても余裕がある』

散弾の雲に開いた穴から突っこんだ機動戦闘艇が次々に光子魚雷を発射する光景が、感応端末を通じた視覚情報として伝わってくる。

戦闘が始まってわずか十五分で、粛清者の艦隊は、アクエリアス基地から発進した迎撃型機動戦闘艇の発射した光子魚雷の直撃を受けて全滅した。

『なんだか、あっけない戦いだったなあ……』

そうつぶやいたランドルフに、セルゲイが応えた。

『簡単に見えるが、損害も出ている。機体中破、航行不能が七機。小破が二十三機だ。航行不能機は救難艇が回収して、パイロットは無事だ。散弾のあたりどころが悪ければ、機体が大破していただろう。運がよかったのだな』

そしてセルゲイは思った。

——運が味方してくれた理由は、数の優位があったからだ。この一方的とも言える数の優位が失われた時、果たして運は味方してくれるだろうか？

本来、対艦戦闘とは戦闘艦が行なうべきものであって、機動戦闘艇は補助戦力にすぎない。地球防衛に機動戦闘艇が投入される理由は、短時間にパイロットの育成ができることと、機体の調達が簡単だったからだ。粛清者が大艦隊を転移させてきたときに、それを食い止め、応援の艦隊が来るまでの時間を稼ぐ。それが、機動戦闘艇の役目だった。

大量投入を前提に考えられた機体とパイロットを、このような小規模の敵艦隊の侵攻と迎撃に繰り返して投入するというのは、本来の使われかたではない。このまま、このような戦いかたを続けていいのだろうか？

セルゲイが考えていると、カルニーゴ大尉から通信が入った。

『サジタリウス基地所属部隊に、駐留警戒命令が出た。われわれは別途指示あるまで、この空域に留まり、粛清者の転移してくる後続部隊に備える』

『了解しました』

セルゲイたちの駐留警戒任務は、その後四時間にわたって続いた。

任務解除命令を聞いたランドルフが、やれやれ、という調子を含んだ思念を送ってきた。

『敵は全滅。駐留警戒任務終了！　さっさと帰ろうぜ！　帰り道も、また景気のいい曲でもかけてくれよ。眠気覚ましにもなるし、嫌なこと考えないですむぜ！』

『わかった、許可する』

同意の思念を送ったあとで、セルゲイはもう一度考えた。

——ランドルフも、薄々気がついているのだろう……いや、機動戦闘艇パイロットたちは誰も皆、気がついているのかもしれない……。

——われわれは、こういった戦いを、いつまで続けなくてはならないのだろう？

迎撃型機動戦闘艇部隊が、基地に向かって帰還を始めた、そのころ。

恵一は木星軌道上に浮かぶ、地球連邦軍太陽系内方面防衛司令部のバーチャル総合会議室に立っていた。

そこは、本来ならば、地球連邦軍に所属する将官と、佐官クラスの指揮官全員の意識が集まる広大な会議室なのだが、恵一の前には一人の将官しかいなかった。

「バーチャル会議室は、久々だろう。地球にいる旧世代の将官の多くは、思念交換にまだ慣れていない。こうやって目の前に相手が立って、そして言葉を発し、言葉だけで情報をやり取りする方法しか使えない者が多い。アロイスの選抜により徴用された迎撃型機動戦闘艇のパイロットのほうが、感応端末と支援ＡＩをフルに使いこなし、一瞬に思念の交換ができる。

この世代間のギャップこそが、総合対策会議の前に、このような非公式の面談をきみに申し入れた理由だ。本来ならばダイレクトメッセージで個人的に行なうべきなのだが、時間がなかったのでね。許してほしい」

恵一の前に立ったマドセン少将と名乗る将官はそう言って頭を下げた。

「いえ、わたしも今の地球の状況とかをよく知らないので、こうやって事前に情報を与えてもらえるのはありがたいと思います……軍事情報はリアルタイムで知ることができましたが、地球連邦軍内部の派閥や、人事に関する情報はまったくわかりませんから」

「広い宇宙を見てきたきみから見れば、地球連邦軍内部の権力闘争などは、コップに溜まった雨水の中でプランクトン同士が食い合っているようにしか見えんだろうがな……」

マドセン少将の言葉を聞いて、恵一は思わず小声で笑ってしまった。

「笑われるのも無理はない。粛清者がすぐそこに来ているのに、おたがいの足を引っ張り合っている馬鹿しかいないのだからな」

自嘲するように肩をすくめたマドセン少将を見て、恵一はあわてて首を振った。

「あ、いえ、思わず笑ってしまったのは、シュリシュクに同行したナイツ中将閣下の口癖……地球人はスプーンの中で食い合っているプランクトン……を思い出したからです、マドセン閣下のことを笑ったわけではありません」

「そうか、そういえばこれはナイツの口癖だったな。地球にいたころは〝コップ一杯の雨水〟だったんだが……シュリシュクに行ったら〝スプーン一杯〟になったってことは、地球の小ささが身にしみてわかった、ということかな？　ナイツとは士官学校の同期でね、プライベートでも付き合いは長いのだ。ナイツは優秀で、清廉潔白で公平に人を評し、そのため部下の人望も厚く、有能な将官の見本のような男だった。きみたち士官学校生とともにケイローンの主星シュリシュクに向かう地球連邦軍の代表として選ばれたのも当然だ。二つの意味でね……」

「二つの意味、と申しますと？」

怪訝《けげん》な顔になった恵一の目を正面から見つめて、マドセン少将は言葉を続けた。

「ひとつは、優秀だからだ。そしてもうひとつは、厄介払いだ」

「厄介払い？」

マドセン少将は、うなずいた。

「そうだ、若くて有能で、清廉潔白で、公平で部下に慕われるような人間が、自分の近くにいてもらっては困る人間が地球には山ほどいる、ということだ。今回、こうやってきみと非公式の面談を申し入れた理由も、それと同じだ。きみは自分のことをどう評価している？　あ、いや、聞きかたが悪かったな。きみは、自分が周りからどう見られていると思う？」

恵一は少し困ったような表情になって考えこんだ。そして言葉を選ぶように、ゆっくりと話し始めた。

「人の評価には、ポジティブなものと、ネガティブなものがあると思います。ポジティブな評価は、士官学校生を率いて、ケイローンの試練に勝ち抜き、実戦に参加して、ケイローンに地球人類には可能性があることを証明して見せたという点。期待されていた結果を出したという客観的な評価は高いと思います。そしてネガティブな評価ですが、これは、はっきり言って推測の域を出ません。なぜなら、それはわたしを見る人の価値観、つまり主観によるからです。

もっとも多い主観的で否定的な評価は、わたしの年齢だと思います。若いということと未熟であるということをイコールで結ぶ人は少なくありません。そうした価値観を持つ人は、わたしが先に挙げたポジティブな成果も、ネガティブに見るための要素にしか捉えないでしょう。

成果を上げていい気になっているな、とか、現場を知らずに出世したあいつは軍隊を舐《な》めている——そういう評価です。たとえその人の頭の中で作り上げたわたしの評価であっても、その人はそれを信じるでしょう。それはその人にとって真実なのですから」

恵一の答えを聞いたマドセン少将は、少し驚いたようだった。

「いや、まあ……確かにそのとおりだ。わたしが言いたかったことも、その件についてなのだ。アロイスは、教導者《インストラクター》として地球人の意識を改革し、国家の概念を、民族や宗教という単位から地球全体へと広げ、地球人という価値観を持たせることに成功した。地球連邦宇宙軍の軍人も、その価値観を持っている。いや、その価値観は誰よりも強いだろう。しかし、至高者《オーバーロード》のマインドリセットは、そういった社会構造全体への価値観は書き換えたが、人間一人ひとりの自我が持つ価値観には手を触れなかった。人間は人間のままだ。欲の前には我を忘れ、嘘をつき、自分よりも優秀な人間に対しては嫉妬心を持ち、自分の地位を脅かすものには敵意を抱く。地球連邦軍の軍人であっても、そういった個人の資質からは逃れられない。

きみも知ってのとおり、地球連邦軍は、かつて地球上に存在した各国の軍隊を統合し、地球連邦結成に反対し、武力闘争に走った宗教的ナショナリストたちと、俗に統合戦争と呼ばれる戦いを経て、現在に至っている。そのさいに、各国の軍隊を統合することで生じる内部の軋轢《あつれき》をなるべく避けるために、組織を維持することを目的に人事が行なわれた。統合戦争後に、明確な敵の存在がなくなったこともあって、きわめて内向きの組織として運営されてきた……簡単に言うならば、組織のエネルギーの多くが、組織の維持に振り向けられてきたのだ。その結果、現状維持、前例踏襲、権威依存に秀でた者が連邦軍の上層部を占めるに至った。なぜかわかるな？」

恵一は短く答えた。

「査定が、加点法ではなく減点法だからです」

マドセン少将は、にやりと笑った。

「地上の治安維持軍とはいえ、連邦軍の士官でもあるだけあってよく理解している。そのとおりだ。敵が存在しなければ戦果を上げることができない。戦果に代わる評価基準が必要になる。それが減点法だ。連邦軍は、ミスを犯さない、失敗しないことで査定がよくなる組織となったのだ。減点されないためにはどうすればいいか。答えは簡単だ。何もしなければいい。前例を踏襲し、すべては上司に判断を仰ぎ、権威の言うことに従い、そしてそれに疑問を持たないこと。これが減点法の下で出世する方法だ。地球連邦軍はこの十年間で、そういう価値観で動く組織と化したのだ」

「しかし、それでは、粛清者と戦うことはできません。なぜ、アロイスは地球連邦軍の意識改革を行なわなかったのでしょうか？」

「簡単な話だ。アロイスは、地球連邦軍を、粛清者との戦いに投入するつもりがなかったからだ。粛清者と戦うのならば、銀河文明評議会の価値観と基準で選考され、訓練された新しい兵士たちで編成された新しい組織を、ゼロから立ち上げればいい。地球にしがみつき、地球の中でしか物事を考えられない地球連邦軍の将官どもの意識を改革するよりも、そっちのほうがはるかにコストパフォーマンスが高い。それに、銀河文明評議会は地球連邦の自立を支援するが、その姿勢はあくまでもオブザーバーであって占領者ではない。いかにアロイスであっても、連邦軍の人事や選考に介入することはできない。

粛清者の侵攻が、銀河文明評議会の予想どおりにあと五年遅ければ、われわれは銀河標準クラスの装備と練度を持ったまったく新しい宇宙軍艦隊で粛清者の侵攻に立ち向かえただろう。だが、現実はそうはいかなかった。われわれ地球人は、千人に満たないきみたち士官学校生と、そして旧態依然とした地球連邦軍組織で、粛清者を迎え撃たねばならないのだ」

恵一は、静かに聞いた。

「地球連邦軍の現状は、わかりました……で？　わたしは何をすればよろしいのでしょうか？　総合対策会議が開かれる前にこうやって話をするということは、そういうことだと理解しました……違いますか？」

マドセン少将は、小さく首を振った。

「いや、違ってはいない。悪いが、きみには憎まれ役になってもらいたい。つまり、空気など読まずに言いたいことを遠慮せずにすべて言ってほしいのだ。作戦の不備な点、推察と願望を取り違えた見通しの甘い点、そういう部分を、すべて指摘してほしい。必要なら罵倒しても構わない。地球連邦軍の連中に頭から現実という名前の氷水を浴びせてやってほしいのだ」

「それは……確かに、わたしのような若造がやれば完全に憎まれますね」

「きみに対する非難が巻き起こるのは確実だ。だが、安心したまえ。地球連邦政府は、太陽系防衛軍について、軍事行動を含むいっさいの行動についてアロイスに全権を委任した。太陽系防衛軍の実質的指揮官は、アロイスのレキシム閣下だ。閣下はきみの行動に不満を持つもの、反対するもの、そういった人物を更迭する権限を持っている。

本来ならばこのような工作は、レキシム閣下にも事前に話を通しておくべきなのだが、今回は秘密で、きみだけに連絡を取った。その理由は地球連邦軍の軍人、それも佐官クラスの将校の中には、アロイスの支援すら嫌う人間がいるからだ。

異星人の助けは不要だ、地球の命運は地球人の手で！　と主張する、新手のナショナリズムを持つ者たちだ。その主張は一見すると正しいように見えるが、現状では、それは現実からかけ離れた理想論でしかない。軍人は空想家である前にリアリストでなければならない。そういった近視眼的ナショナリストを排除するのは、われわれ地球人の役目だ。アロイスの手を借りるわけにはいかない」

「確かにそのとおりです。地球人類の運命は地球人類が切り開くべきものです。できるかぎりのことをやって、それでも届かない時、初めてアロイスに助力を求めるべきでしょう。おそらくレキシム閣下は、このあたりのことはご存じだと思います。すべて知って、その上で、地球人類の動きを見ているのではないかと思います。地球連邦軍は、使えるのか使えないのか、それを……」

「地球連邦軍の将官全員が、使えない不適格者であるわけではない。中には常に状況を的確に判断し、自分を書き換えていくことができる者も存在する。この会議は、そういう者たちに指揮権を与え、地球連邦軍を戦える組織にする機会なのだ……」

マドセン少将の言葉が終わっても、恵一はしばらく無言のままだったが、やがて力強くうなずいた。

「わかりました、その役目、やらせていただきます」

マドセン少将は目を見開くと、ほっとしたような微笑みを浮かべた。

「そうか、やってくれるか……ありがとう。誰かが泥をかぶらなくてはならないことは誰もがわかっていても、泥をかぶりに行ける人間はいない。そそのかしておいて何を言うかと思うかもしれないが……」

「いえ、それをもっとも効果的にできるのは、やはりわたししかいないと思います。戦力投入はもっとも効果的な地点に、もっとも効果的なタイミングで行なうべし……ですよ」

恵一はそう言うと、にやっと笑った。


そして、十五分後に太陽系防衛総合対策会議が始まった。

木星軌道上に浮かぶ、地球連邦軍太陽系内方面防衛司令部のバーチャル総合会議室には、千人を超える人々が集まっていた。それはすべての地球連邦軍の将官と、前線基地司令である佐官クラスの将校たちだった。

——意識空間の中に作られたバーチャル会議だからこそできる芸当だな。現実世界でこれだけの軍人を集めるとしたら、とんでもないことになる。会議室もそうだが、宿泊施設、交通手段などを考えれば、ちょっとしたイベント並みのコストだ。ましてや、粛清者の転移攻撃が始まっているこの時期に、前線指揮官に持ち場を離れさせて、呼び集めるなんてことができるわけがない。

思考速度を加速させることのできる意識空間の中での百二十分は、現実世界の十秒にあたる。会議に四時間かけても、現実世界では二十秒にすぎない。この意識空間内の時間短縮が、この会議を可能にしている。

マドセン少将はそんなことを考えながら、会議室の正面に並んだ、地球連邦軍の最高幹部たちの顔を眺めた。

――真ん中にすわっているのは地球連邦の初代大統領、ハインツ・フリードマン。その右隣には地球連邦軍総司令官のブレン・エンフィールド大将。左隣に、アロイスのレキシム。エンフィールド大将の右隣には、地球連邦宇宙軍総司令官のアンゲル・ビアンキ中将以下の地球連邦軍の中将クラスの将官がずらりと並んでいる……いずれの軍人も異なる国家のもとにあった軍や政府を取りまとめ、地球人類を代表する地球連邦政府を作り上げるのに功績があったかたがただ。

あの人たちは、異なる価値観や身上を持つ人々を、すり合わせ、まとめ上げる能力に長《た》けている。それは間違いない。だが、その能力は、組織を用いて強大な侵略者と戦う能力ではない。ここに居並ぶ将兵の中に、それに気がついている人間はいるのだろうか？

そして、マドセン少将は、この場にいない友人の顔を思い浮かべた。

――ナイツがここにいてくれたなら、おれはどれほど安心できるだろう？　独断専行型のナイツのやりかたは、地球連邦軍の中では危険視され、優秀であるがゆえに疎《うと》まれた。だが、今の地球に一番必要なのは、必要と判断したらためらうことなく命令を下せる指揮官だ。周りの顔色や、組織内の自分の評判なんてものを考慮する指揮官は必要ない。

そして、マドセン少将の視線は、正面に居並ぶそうそうたるメンバーの中にすわる、いかにも場違いな若い男に移った。

――ナイツは、〝あの男を信頼しろ〟と言った。〝あの男が指揮権を持てば地球は守られる〟とまで言ってのけた。そしてレキシムもそのつもりでいるのだろう。あの男が見てきたものは、太陽系の中だけの世界を見て、おれたちは宇宙軍のエリートだ！　と胸を張っている連中には想像もつかないものなのだ。ここに居並ぶ連中も全員、それを理性では理解している。だが、感情がそれを許さない。あんな若造が、したり顔で……そう思ってしまうに違いない。

――理性と合理的な判断、それを試される会議になりそうだ。

マドセン少将がそう思った時、総合会議が始まった。

最初に行なわれたのは、参謀本部の参謀による粛清者の転移攻撃の詳細な報告だった。

「今までの粛清者の攻撃は、まず探査機を一機、もしくは二機、侵攻目標の恒星系に送りこみ、その後一年以内の侵攻というパターンだった。だが、太陽系に対し、粛清者側は、まず八隻、続いて十六隻、三度目は三十二隻の艦隊を送りこんできた。艦種の分析の結果、粛清者の目的は太陽系の防衛機構を調べるための威力偵察と思われる。過去三回の転移艦隊は、いずれも十五分ほどでわが軍の迎撃型機動戦闘艇によって殲滅《せんめつ》させることができた。過去三回の粛清者の転移攻撃から読み取れるものは何か、また粛清者の今後の侵攻はどのように推移するか、それは不明であり、予測はつかないというのが現状です」

参謀は、そこで言葉を終えると、恵一に視線を向けた。

「続いて、粛清者の攻撃方法の変化について、モルダー星系防衛戦の状況から判明したことをご報告しようと思ったのですが、この件につきましては、わたしが収集した二次情報や伝聞による情報と違い、実際にその目でモルダー星系防衛戦を見て、実戦を体験してきた、地球軍独立艦隊司令であるアリサカ少将より伝えていただくほうがよろしいかと存じます」

恵一は、参謀に向かって小さく一礼して立ち上がり、会議室の中を見渡した。

モルダー星系防衛戦の推移について報告してくれ、という要請は事前に受けていたので、報告することについては戸惑いはなかったが、視線が気になった。

――ほう、あれがウワサの男か。思ったより若いな。

――もともとは少尉のくせに、異星人にとりいって少将に成り上がった奸物《かんぶつ》だな。

——あの若さで、艦隊指揮官になって戦績を上げるとは、時代が変わったものだ。

——あの男の働きで、地球に増援がやってくる。われわれはあの男に感謝すべきだな。

好奇心と、敵意と、感嘆と感謝の入り混じった視線が自分に注がれるのを感じながら、恵一は報告を始めた。

「まず最初にご報告したいのは、今回のモルダー星系侵攻にさいし、粛清者の戦術が大きく変わった点です。これまでのように、大規模な艦隊を転移限界まで大量に送りこんで辺境の制宙権を確保、巨大ゲートを構築し、恒星を消滅させる兵器を送りこむ、という戦法に加えて、耐ビームコーティングをほどこした恒星反応弾を恒星に撃ちこみ、恒星の表面爆発を引き起こす、という戦法を取ってきました。

恒星の表面爆発が人類の居住している惑星にどれほどの致命的影響を与えるかですが、わたしはその時、恒星系外周部でゲート防衛戦を展開しておりましたので、惑星モルダー上でどのようなことが起きていたのか、リアルタイムで見ておりません。この部分については、わたしよりも、銀河文明評議会の取りまとめた映像やニュースなどでご覧になったみなさまがたのほうが詳しいと思われます。

また粛清者の新兵器について、その分析結果、推定されるスペックなどの詳細データはすでにデータベース上で公開されておりますので、ここで詳しく申し上げません。わたしが報告したいのは、粛清者がモルダー星系防衛戦に投入した恒星反応弾という要素が、今後の粛清者の戦略と戦術を大きく変える可能性が高いということです。粛清者は今までのように恒星破壊兵器を転送する大型ゲートを構築することを前提にした、大規模艦隊を送りこんでくる必要がなくなった、ということなのです。

もちろん、最後には恒星破壊兵器を送りこむとしても、それまでのあいだは、五月雨《さみだれ》式に襲撃部隊と恒星反応弾を反復して散発的に送りこんで、どこかの防衛線に穴があいたら、そこからいっきに飽和攻撃をかけるという戦法を取ることが可能になりました。つまり粛清者は、〝艦隊決戦〟を行なう必要がなくなり、〝航空消耗戦〟的な戦いが可能になったということなのです」

恵一の言葉が終わらないうちに、会議室の中がざわついた。

太陽系防衛計画の大綱は〝艦隊決戦〟を主眼に置いている。恵一の言葉は、その地球連邦軍の作戦要綱に真正面からクエスチョン・マークを投げつけたに等しい。

恵一の言葉は続いた。

「今回の太陽系に対する粛清者の転移攻撃は、きわめて少数の偵察艦隊によるものです。しかし、これを単なる偵察艦隊として看過するべきではありません。わたしは、この少数艦隊の転移を、粛清者が戦術を切り替えつつ模索しているのではないだろうかと考えます。転移のたびに〝偵察隊〟が増えてきているということは、これはもしかして、すでに防衛戦が始まってるのではないのでしょうか？

これまでのように、まず転移限界まで大艦隊が来るというのではなくて、襲撃部隊を波状的に送りこんで、こちらの限界を探りつつ消耗戦をしかけてきているのではないか、そう考えるのです。

もしこれが、そういった消耗戦だとすれば、太陽系は危機に陥ります。銀河文明評議会の途上惑星の防衛計画は、アロイスがやってきたように、途上種族の少年や若者の中から、素質のあるものを選抜し、士官学校の生徒として、銀河標準レベルの兵士として育て上げ、クローンをアバターとして使う、というものでした。この制度は、少数精鋭の超エリート兵士を消耗品とせず、何度も繰り返して使う、というものです。艦隊決戦を戦うのなら、この方法は正しいのです。なぜなら粛清者の側に、恒星破壊兵器を転移させるための巨大ゲートという守るべきものがあったからです。その粛清者の守るべきものを破壊する、撃ち抜く、鋭い切っ先があればいい。わたしたちは、その切っ先となるべく育てられました。

しかし、粛清者の新たな戦いかた、消耗戦のあとの飽和攻撃となると、どちらも数がものをいう戦いになります。この戦いには、これまでケイローンをはじめとする上級種族たちが積み重ねてきた戦訓と戦術、そしてそれをもとに作られたマニュアルが役に立たないのです。モルダー星系の戦いにおいては、まだ粛清者側に試行錯誤があるように見えました。だが、あの戦いで粛清者は学んだはずです。われわれと同じように！

次の、この太陽系で行なわれる星系防衛戦は、おそらく艦隊決戦に勝利することでアドバンテージを得るというチャンスはなくなると思います。わたしはモルダー星系防衛戦の戦訓をもとに、防衛計画を根底から見なおし、大幅に変更しなくてはならないと考えます！」

会議場がいっきにざわついた。

その様子を見ていたマドセン少将は、胸の中で小さくうなずいた。

――アリサカ少将の指摘したことは、おそらく誰もが薄々感づいていたことだ。だが、それを口に出すのを誰もがためらっていた……それは当然だ。太陽系防衛計画要綱は、地球連邦軍とアロイスが作成した防衛計画の基本中の基本だ。これを否定すれば、これを作成し推進してきた上級指導部の面子に泥を塗ることになるし、根底から修正するとなれば、その手間は膨大になり、事務方《かた》の連中から恨まれる。個人的なメリットは何ひとつない。あえて火中の栗を拾わなくても、あえて泥をかぶらなくとも、そういうことは誰かがやってくれるはずだ、誰もがそう思っている。そして、誰もがなんとかしなくてはと思いつつ、自分以外の誰かがなんとかしてくれるだろう、と思いこんでいる。

空気を読み、波風を立てないことが美徳として賞賛される組織、それが今の地球連邦軍だ。

恵一の言葉は続いていた。

「わたしは、太陽系防衛計画の基本的な部分から根本的に見なおすべきだと思います。現在、粛清者の転移艦隊の迎撃任務は、迎撃型機動戦闘艇部隊が担当しておりますが、この部隊はすべて、粛清者が送りこんでくる恒星反応弾の迎撃に振り向け、粛清者の転移艦隊は、われわれ地球軍独立艦隊をはじめとする途上種族連合艦隊とアロイス艦隊、及びケイローンから派遣される親衛義勇軍艦隊が対応し、敵の転移艦隊の反復攻撃を殲滅します。われわれにはアバターがあります。たとえ乗組員を喪《うしな》っても、次のアバターが泊地《ベース》の〈我家《ホーム》〉にある凍結睡眠ポッドで目覚め、二十四時間で前線に復帰します。われわれは本来そのような戦いに備えて用意され、訓練されてきたのです。

倒すべき敵の優先順位を間違えてはなりません。恒星反応弾を太陽に撃ちこまれれば、地球は終わるのです。今は、粛清者を叩くのではなく、地球を太陽の表面爆発から救うことを優先すべきです。恒星反応弾を防ぎきったその先に、もし粛清者が艦隊決戦を挑んできたとしても、その時にはケイローンの増援艦隊が来てくれます。

地球連邦軍の総力は、恒星反応弾の迎撃に投入するのです。何重にも防衛線を引き、艦隊決戦用の主力艦隊を解散させてそこに配置し、十二万機の迎撃型機動戦闘艇もすべて、恒星反応弾の迎撃に投入するのです！　もし数が足りなければ、輸送艦でも、連絡艇でも、コンテナだって構わない。とにかく、宇宙空間を飛んで、物理的にダメージを与えることができるものをすべて投入し、恒星反応弾を阻止しなければ、地球人類に未来はありません。そこにあるのは、ロストゲイアーという名前に変わった難民の未来なのです！」

恵一はそこで言葉を切ると、自分の隣にいる幹部と、会議に出席している将官たちを見まわして言葉を続けた。

「わたしの今の言葉に、反論を述べたいかたもいるでしょう。そんなことは無理だ、そんなに簡単に方針変換ができるわけがない、そう考えるかたも多いでしょう。でも、それはこじつけです。言いわけをしているだけです。なぜ、無理だと思うのか、なぜ、できないと思うのか、答えは簡単です。地球連邦軍は、迎撃型機動戦闘艇を大量投入し、艦隊決戦を行なわないと勝てないと思いこんだからです！　ほかに方法がない、唯一の勝てる方法。ゆえに、その戦術に固執するのです！　敵はこう来るはずだ。来てもらわないと困る。来るに違いない。そうだそうに決めた……。

そんな馬鹿なことは考えていない、そんな無責任なことは思ってもいない、心外だ！と、怒りを感じるかたもいらっしゃるでしょう。そのとおり、それは無責任でもなんでもない。逆です。連邦軍の参謀のかたがたは責任感が強すぎたのです。勝たねばならない、という条件を先に与えられて、それをクリアできる方法を必死に探し、そうして作られたのが、太陽系防衛計画による艦隊決戦だったのです。彼らには負けるかもしれない作戦を立てるなんて無責任なことはできなかった。その責任感の行き着くところが今の計画なのです。

確かに、艦隊決戦というのはすばらしい作戦です。なんと言っても美しい。華《はな》があります。敵の大艦隊を撃破し、恒星破壊兵器を持ちこむためのゲートを破壊して、われわれの勝利だ！　われわれは太陽系を守りぬいたのだ！　という、地球人類の誰もが望むラストが用意できます。現在の作戦計画の正体、それは、すばらしい結果を求められたがゆえに、それに応えた単なるシナリオにすぎません。そしてこのシナリオは、残念なことに粛清者側には届いておらず、粛清者は地球連邦軍参謀本部の期待どおりに役を演じてくれそうにはありません。役に立たないシナリオを一刻も早く放棄し、有効な作戦計画を策定するべきだと思われます！」

恵一の発言が終わるのと同時に、会議場は大騒ぎになった。怒号が飛び交い、出席者同士が大声で意見を交わし始めたのだ。

今まで黙って恵一の報告を聞いていたレキシムが立ち上がり、よく通る声と思念を発した。

「ただ今のアリサカ少将の報告と提案は、論じるに足りるものと思われます。さまざまな論議を行ない、問題点を洗い出すために、いったん会議を中断いたします。ここで現実時間にして十分の休憩を入れましょう。現実時間の十分後に、ふたたび感応端末にて、こちらの会議にアクセス願います」

そして、会議室の総合思考リンクがはずれた。

現実空間に戻った地球連邦軍の幹部たちは、たがいに感応端末を使って、私語を交わし始めた。

　参謀本部付の大佐の一人が、腹に据えかねたという口調で言った。

『いったい何様のつもりだ、あの若造め！　アロイスに寵愛されていると思って、言いたい放題のことを言いやがって！』

　その言葉を聞いて、迎撃型機動戦闘艇の前進基地司令である別の大佐が応えた。

『いや……彼はわれわれの代わりに地雷を踏んでくれたんだ。そうは思わないか？』

『地雷だと？』

『考えてみろ。彼があんなことを言い出さなければ、会議がどうなっていたかを』

『そりゃあ決まっている。太陽系の防衛網を強化しつつ、敵の襲来に備えて主力艦隊を整備していく。これまでの戦略方針の踏襲だ』

『ああ、そうだな……そうなってくれればいいな』

『違うとでもいうのか！』

　腹を立て始めた相手を見て、もう一人の大佐はなだめるように応えた。

『勘違いしてもらっては困る。わたしだって、そうなってほしい。粛清者がそうしてくれればいいと本気で思っている』

　その言葉の意味がわかったのだろう、腹を立てていた大佐が、黙った。

『……』

『きみも、本当はわかっているはずだ。そうはならないかもしれない……とな』

『だが、それでも、わたしの方針に変わりはないぞ？』

『わたしもだよ。だからわれわれは、彼が言うように、敵が大規模な転移攻撃を仕掛けてこないかぎり主力艦隊は動かさない。だが、敵が転移攻撃を仕掛けずに、恒星反応弾だけを撃ちこんできたら、どうすればいいと思う？』

『そりゃあ、機動戦闘艇部隊が反応弾を攻撃するだろう。それは当然だ』

『反応弾が、次から次に撃ちこまれたらどうする？　機動戦闘艇部隊だけでは、恒星反応弾には対応しきれない。そうなれば、いずれ破綻《はたん》が来る。守りきれない時が来る。そうなったら、機動戦闘艇のパイロット連中はどうすると思う？』

『……おそらく、体当たりをしてでも、止めようとするだろうな。地球を守るために』

『そうなったときのことを考えたことがあるか？　どうなると思う？　われわれが体当たり攻撃を強制すれば、責任者はわれわれだ。だが、戦闘艇のパイロットが自ら体当たりをしたら、そいつは英雄になる』

大佐は、眉をひそめた。

『マスコミが英雄に祭り上げて、大騒ぎするのが目に浮かぶな……』

『地球上の人々は褒《ほ》めたたえるだろう。だけど、機動戦闘艇部隊のパイロットたちは知っている。自分たちだけが迎撃任務に駆り出され、主力部隊が後方で被害もなく艦隊決戦を待ち続けているのをな。彼らの士気は地に落ちる』

『そうかもしれん、だが、だからといって、手を抜くことはあるまい』

『わたしもそう思うよ。機動戦闘艇のパイロットの連中は、真面目で真摯《しんし》だ。手を抜くとなく迎撃に出るだろう。しかし、その状態で、恒星反応弾の飽和攻撃が来たらどうなると思う？　とてつもない数の反応弾攻撃と合わせて感応端末へのジャミングも来るだろう。機動戦闘艇部隊はほかの部隊と連絡が取れない状態に陥り、そこに大量の恒星反応弾が押し寄せてくるんだ……それでも、パイロットたちは勇敢に戦うだろう。体当たりするパイロットも出るだろう。だがおそらく、ほとんどのパイロットは、そこで諦める。そして後方にすり抜ける反応弾を見ながら思うんだ。〝大丈夫、後方の部隊がなんとかするさ。それに主力部隊が残っている！　こういう時のために、主力は温存されていたんだ〟とね』

怒っていた大佐は目を見開いた。

『ちょっと待て。主力部隊には迎撃などはできんぞ』

『そういうことだ。主力部隊は艦隊決戦のためにある。対艦戦闘用の火器や光子魚雷は積んでいるが、恒星反応弾を迎撃するには向いていない。亜光速で飛来する恒星反応弾を迎撃するには、旧型機動戦闘艇のほうが向いている。かくして防御網をすり抜けた恒星反応弾がいくつも我らの母なる太陽に命中する……そして地球最後の日がやって来る。そのとき、今まで温存され、無傷の主力艦隊は、どうする？　逃げるわけにはいかない。彼らはシールドを限界まで広げ、地球を守る盾になる。一時間二時間は持ちこたえても、いずれシールドが飽和状態となり、一隻、また一隻と轟沈していく。敵と戦うこともなく、地球を守ることもできずに、主力艦隊は全滅する……かくしてわれわれの名前は、地球の歴史における無能な軍人リストの最上位に載るだろうな』

『そんなことが……』

『ありえない、と言いきれるかい？』

『では、どうしろというのだ。あの若造の言うように、今になって主力艦隊を解散させ、すべてを反応弾迎撃にまわせとでも言うのか？』

『それは無理だな。動き出した組織はそう簡単に方針転換はできない。だが、わたしときみが組むことで、その準備ができる……』

『……聞こうじゃないか』

参謀本部付の大佐が、表情を変えた。怒りの色はすっかり収まっていた。

その顔色を見て、機動戦闘艇基地司令の大佐は、にやっと笑った。

『その前にまず、わたしときみがあのアリサカ少将より優れている点を確認しておこうじゃないか』

『優れている点だと？』

驚く参謀本部付の大佐を見て、基地司令の大佐は、真面目な顔になってうなずいた。

『ああ、あるぞ。たとえばわたしもきみも、大きな派閥の長であり。部下を大勢持っているという点だな。優秀なのから無能なのから、野心的なのから怠惰なものまで、ピンキリだ』

『わたしの部下は優秀な者が多いぞ』

『それは認めるよ。何せ前線のわたしと違って、きみは中央にいるからな。戦記小説なんかでは優秀な人間を前線に送ることが多いが、本当に優秀な人間は後方で、華《はな》のない仕事を遅滞なくやることになっている。そうやって何が起きても対処できるだけの補給と戦力と情報を常に前線に送るからこそ、おれたち前線部隊が戦えるんだ。後方にいるそうした優秀な部下に仕事をやらせてほしい』

『仕事？　どんな仕事だ？』

『恒星反応弾の飽和攻撃への対策だ。反応弾迎撃に対応した兵器の開発や改良、超空間通信が使えなくなった時の通信と指揮のやりかた、戦術マニュアルの改訂、やることは山のようにあるぞ』

参謀本部付の大佐は慌てた。

『ちょっと待て。われわれは艦隊決戦に備えるのではなかったのか？』

『備えるとも。だが、恒星反応弾迎撃だって重要な仕事だ。それに艦隊決戦については、従来の作戦がそのまま使えるのだから、何も新しく研究する必要はないだろう？』

参謀本部付の大佐は、考えこんだ。

『なるほど……そうか。それに、これでうちの派閥の若手が実績をあげれば、それはわれわれの得点にもなる、ということか……』

『上の連中の作戦計画にはまったく手を触れず、ちょっと新機軸を考えただけだからな。上の面子を潰したわけじゃない。波風立てずに、手柄を立てる、というわけさ……』

二人の大佐が、感応端末リンクで話をまとめていた、そのころ。

別の感応端末リンクでは、成田少将とマドセン少将が思念で会話していた。

『アリサカの言っていることは、正しい。だが、正しいからといって人や組織は動かない。なぜか？　彼は自分の所属する組織の面子を守らないからだ。そういう人間に組織は味方しないだろうね』

悲しそうにつぶやいた成田少将に、マドセン少将はうなずいて見せた。

『そうでしょうね、でも、宇宙軍士官学校内の将兵は、アリサカに心服しているらしいですよ。あれも立派な派閥ではありませんか？』

『確かにあそこの連中も派閥だ。あそこは、地球じゅうから選び抜かれたエリートだけを集めた場所だ。モルダー星系で戦った結果、銀河文明評議会との地位に関する協定が適用され、教官だった者は全員、中佐になった。中佐だったバーッとリーは大佐だ。練習生は全員少尉に任官した。とんでもない出世だぞ。全員が優秀だ。全員が教官としての資質を持っている。練習生たちも、選考の基準は同じだそうだ。教官として資質のある人間は、教え導く相手の美徳を引き出す。能力に偏りがある生徒であっても、よい点を褒《ほ》め、伸ばしてやろうとする。今は選抜プログラムと教育プログラムは停止中だが、本来ならば次の世代の練習生を入学させて、今の練習生が教官になるはずだ。そして士官学校は、そういう連中の集まるところだから、アリサカにも味方が大勢できる。しかしな、世の中のほとんどは、愚かで怠惰で、正しさよりも自分の面子が大事な人間だ。アリサカは、アロイスの選抜を受け宇宙軍士官学校に行く前は、ごくごく平凡な評価しか得ておらん。たぶん、この戦いが終わったあと、生き残っていても軍の重鎮や政治家にはなれんな。彼は周囲に自分と同じレベルの人間がいないと、真価を発揮しないだろう』

『あなたは、もしかして、アリサカが嫌いなのですか?』

怪訝な顔になったマドセン少将を見て、成田少将は笑って見せた。

『いや、好きだぞ。年齢は離れているが友人にするならああいう男だ。娘の婿《むこ》にするのにもふさわしいだろう。しかし、組織を任せようとは思わない。優秀でない、たがいに足を引っ張るような人間をあいつの周囲に集めてみろ。彼は、たちまち平凡以下の人間になる。なぜなら彼は、そういう愚かな同僚や部下を、どうだまして脅してたぶらかして動かせばいいかなど、考えもつかんのだ。人としては立派だが、組織のリーダーにはなれない。組織のリーダーにするなら、彼の副官的な位置にいるバーツ大佐だな。アレは将来の軍をしよって立てる男だ』

『アリサカではダメですか？』

『ダメだな。あの男は、潔癖……というよりは、純真すぎる。地位への野心や、他人への嫉妬があまりないことは美徳でもあるが、そういうものに執着心がないのは組織のリーダーとして失格だ。簡単に引きずり下ろされてしまうし、彼を失った組織はたちまち瓦解する』

『やはりあなたは、彼が嫌いなんじゃないですか？』

成田少将は、自嘲ぎみに笑った。

『いま言っただろう？　組織のリーダーたるもの、他人への嫉妬がないのは欠点だと。わたしは組織のリーダーにふさわしい人間だからね。野心と嫉妬もまた、人一倍にある。あのような才能があるくせに野心や嫉妬のない若者を相手に、嫉妬しないはずがないのさ。くそっ、あんなふうに美しく生きられればな！』

『なら、どうします？　この戦いが終わったら？　そのまま士官学校の校長でもやらせますか？』

成田少将は、首を振った。

『彼が優秀であり続けるのは、優秀な人間、炎のような闘争心と氷の如き理性を兼ね備えた人間の中に置かれた時だ。そしてそういう人間は、地球人類の社会構造の中では見いだされることなく埋もれているが、太陽系の外ではそうではない。ケイローン軍第三軍のデグル大将が、自分の部下にぜひほしいと言ってきているそうだ。先日、レキシムと雑談したときに、そんな話が出た。モルダー星系の戦いで、よほど強い印象を与えたらしい……』

マドセン少将は目を丸くした。

『指導種族であるアロイスの、その上のケイローンが、ですか！　銀河文明評議会でも歴戦の古強者として名高いケイローン軍がスカウトしてくるとは、地球人類としては最高の名誉ですね！』

『逆に言えば、彼にふさわしい地位と役職を与えられない種族の不名誉と一体だがな。だが、デグル大将がそうやって声をかけてきたということは、なんのことはない、アリサカのような人間が戦功を上げたあとでどうなるか、ケイローン人もよく知っている――つまり、あっちでもアリサカみたいな人間が出てきたらもてあましてきた、という歴史があるということさ』

『人類は、星が違おうが、歴史が長かろうが、おなじ人類ということですか……で？　地球連邦軍は承諾するのでしょうか？』

成田少将は、少し難しそうな顔になった。

『正式に話が来たら、おそらく今の地球連邦軍の幹部たちは、二つ返事で乗るだろう。きみの友人だったナイツ中将みたいに、いい厄介払いの理由になる……だが、もっといい手はないか考えておきたい。粛清者が、太陽系を滅ぼすことを諦めるはずがない。われわれがこの太陽系を守りぬけば、十年、二十年の時は稼げるかもしれない。だが、粛清者は必ずまたやって来る。ここは塹壕の一番外側なのだぞ。戦争が終わるか、太陽系が滅びるまで、この危機は終わらない。

地球文明が太陽系を失い、ロストゲイアーになる可能性がある以上、アリサカの能力は、地球人類にとってもっとも有効な取引材料だ。われわれは彼を最大限の高値で、銀河文明評議会に売りつけなくてはいけない……』

成田少将は、マドセン少将の顔を見て、にやっと笑い、言葉を続けた。

『地球の組織の幹部である醜い老人は、地球人類という組織を守るためには、女衒《ぜげん》の真似も厭《いと》わない、ということさ……』

そして、現実時間で十分が過ぎようとしたとき、感応端末を通じて、警報が鳴り響いた。それは太陽系外周部に対し、粛清者の転移が始まったことを告げる警報だった。

会議中止！　迎撃態勢に入れ！　繰り返す！　会議中止！

感応端末に接続中の者はリンクを持ち場に接続し、迎撃態勢に入れ！

最優先コードで流れてきた思念を受けて、成田少将は感応端末のリンクを、自分の指揮下にある地球連邦軍太陽系外周方面軍の司令部へとリンクし、戦術支援ＡＩに向かって思念を発した。

『粛清者の情報を！　転移座標と規模だ！』

ＡＩ特有の冷えた金属のような質感を持つ思念が返ってきた。

『転移座標は、過去三回の転移点の近隣。転移質量は、前回のおよそ二倍。戦列艦換算で六隻に当たります』

——およそ二倍？

成田少将は嫌な予感がした。意識の中には、緊急発進を続ける機動戦闘艇部隊の中から、転移地点への最短距離にいる部隊を選別するプログラムが、いくつもの部隊を指定してきていた。

成田少将が、自分の指揮下にある部隊から三つの部隊を選び出し、その三つに先行迎撃を指示し、後続する部隊の指揮官に対し、第二次攻撃部隊として先行部隊の攻撃のあとから波状攻撃をかけるように指示したとき、戦術支援ＡＩが粛清者の情報を伝えてきた。

『敵の艦種及び艦数が判明。敵は重巡航艦クラス二隻を旗艦とした軽巡航艦及び駆逐艦からなる六十四隻の艦隊と判明しました。実体化が終了しておりませんので光学モニターによる分析は不可能ですが、前回までのデータと照合した結果、いずれも耐ビームコーティングをほどこした新型艦と思われます』

その報告を受け取った成田少将は思わず聞き返した。

『六十四隻だと？』

『まだ実体化しておりませんので推定値ですが、前回までのデータと照合した結果、この数値の推定値の確度は九十三パーセント以上です』

律儀に返すＡＩの思念を受け取りながら、成田少将は思った。

――〝一回、二回は偶然。三回あれば珍事。四回あれば必然〟という言葉がある。だとすれば、この粛清者の転移数の増えかたに法則性を当てはめて考えてもおかしくはない。

粛清者の転移攻撃は、倍数で増え続ける。粛清者は、その法則性を地球人類に叩きこもうとしているのではないだろうか。

次の転移攻撃は百二十八隻の艦隊で行なわれるだろう……そしてその次は二百五十六隻。その次は五百十二隻、そして千を超え、確実に倍数で増え続けるのだ。

敵の数がわかれば戦いやすいかもしれない。だが、それは自分たちが数の優位に立っている場合だ。数の優位を失った時、その法則は恐怖に代わる。かろうじて撃退に成功したとしても、それは勝利の美酒の味ではない。次は倍の数で攻めてくるということがわかっていれば、勝利に酔えるわけがない。

どんなにダメージを与えても、確実に殲滅《せんめつ》しても、次に会う時は倍に増えて攻めてくる。

確実に倍数で増え続ける敵に、いつ終わるともしれない戦いを強いられる。それはまごうことなき悪夢だ。そこに戦いが終わった時の達成感はない。底のない泥沼の中にズブズブと沈んでいく恐怖しかない。そんな戦いをなんどもなんども繰り返せるような強い精神をもった兵士は存在しない。

間違いない……粛清者は、われわれが思い浮かべる将来や未来を、希望ではなく恐怖に塗り替えようとしているのだ。

成田少将の見ているモニターの中で、迎撃型機動戦闘艇部隊が粛清者の艦隊に対し攻撃態勢を取る様子が映し出されていた。

5　焦燥

地球連邦軍が、倍数で増え続ける粛清者《しゅくせいしゃ》に対し、大規模な組織改編を行なうと発表した。そのニュースを聞いた中島は、ぼんやりと考えた。

――へえ……粛清者の転移攻撃のパターンが変わったんだ……でも、いっきに攻めてこないってことは、迎撃する地球連邦軍にとってはしんどいかもしれないけど、おれたちにとっては幸いかもしれない。

実を言うと、そのニュースは三日前に流れたものだった。最優先タグがついていたのだが、中島はあとまわしにしていた。仕事に没入し始めると、彼の精神は頭脳労働に最適化されてしまうのだ。

気分転換にニュースタグを見た中島は、その情報から何かを思いついた。

――待てよ。ということは、時間的余裕が生じるということだから、同時進行させせなくても、時間差をつけて、こっちの結果を見てこっちを、こっちを見てこっちを、と相互にフィードバックさせながらすすめることができるかもしれない。トライ・アンド・エラーの繰り返しによるロスを最小限に抑えて、より実効的な建設ができるかも……。

気分転換をするはずだった中島の頭脳は、ふたたび最適化されていく。

こうなると、生理的欲求がトイレに行くことを要求しても、断固拒否しはじめる。早くトイレに行きたい肉体が足を動かして貧乏ゆすりを始めても、中島の目は表示されるデータから動こうとせず、指はペンを握りしめて他人にはわからないメモを書きまくる。

中島の貧乏ゆすりに気づいたノンナが作業を止めて顔を上げ、ぼそりと言った。

「子どもだ。子どもがいる」

中島の様子は、仕事に熱中する職人と呼ぶよりは、ノンナが言うように、遊びに熱中している子どもに近い。

さすがに子どもと違って漏らすまではいかないが、放っておくと膀胱の限界までそうしているので、適当に仕事を中断させてトイレに行かせるのも秘書の仕事だ。

——秘書の仕事としてそれはどうなの、とは思うけどね。

ノンナは小さくため息をついた。

——ナターシャは、そういうことにまでやり甲斐と幸福を感じているんだろうな……愛の深すぎる女だよ、あの娘《こ》は。

その間《かん》にも、通信回線経由の呼び出しがぽんぽんとノンナの作業用ディスプレイに浮かぶ。ノンナは片っ端からそれらを〈保留〉のアイコンにまわす。あらかじめ編集ずみのナターシャの顔と声が悲しそうな顔で、〝申しわけありませんが、中島は繊細さを必要とする作業中で手が放せません。ご用件だけ承ります〟的なことを言って、通信を拒否する。ノンナの顔と声のバージョンもあり、アイコンには〈拒否〉と書いてある。取材目的のしつこい呼び出しはこちらで対応し、あらかじめ編集ずみの仏頂面のノンナが、意訳すれば〝人類の生存をかけた中島の仕事を邪魔するやつは粛清者の手先とみなす。呪われるがよい〟的なことを言って、やはり通信を拒否する。

これらは人工知能も組みこんであるので、単純な受け答えも可能だ。どうしても対応しきれない場合には、ノンナが代わる。

〈保留〉にしたものも、放置はできない。あとからフォローが必要になる。要求されたものが中島の持つデータや資料であれば、それを編集して送るし、中島に面会して仕事を頼みたいという依頼であれば、関係部署に根まわしの上、断りを入れる。ナターシャが疲弊しきっていたのも、そうしたフォローのためだ。

——それにしてもゴシュジンサマは、今日はえらく作業が進んでいる。やはり、無理にでもベッドで寝させてよかった。

中島の作業の進捗《しんちょく》は、メモを取る手を見ればわかる。手の動きと作業量が比例するからだ。手が止まれば作業は進んでいない。ナターシャから教えられて知ったことだ。

——今日は、一度も手が止まらない。がんばれ、がんばれ、ゴシュジンサマ。

ノンナは応援する。ノンナは自分でも冷めた人間だと自認しているが、中島を応援している気持ちは本物だ。

中島が艤装委員をしている一号スペースコロニーは、〈箱船〉の呼称が付けられている。太陽系が滅び、人類がロストゲイアーになったあとも、地球の生態系と遺伝子を可能なかぎり後世に伝えることがその最大の使命だ。

もし地球が滅びることになった時、約四十億年の生命の歴史がどれだけ継承されるかは、中島のメモを取る手にかかっている。彼の手からこぼれ落ちた生命は、記録の中だけの存在となる。スペースコロニーに作られる閉鎖生態系は、地球と同じキャパシティを持っていないからだ。どうしても優先順位がつく。

では、こぼれ落ちるのはどういう生命か？　それは、どうでもいい種だ。人類にとって有用ではなく、生態系にとっても影響が少ない、小さなニッチで生きている種。

ノンナはそれが我慢できない。腹が立つ。自分もまた、こぼれ落ちるニッチの側だと思っているからだ。世界にとってのノンナ・ヤコブレフ、銀河文明評議会にとっての地球人は、いてもいなくてもかまわない存在だ。

――そんなものに、負けない。おまえなんかいらないなんて言われて、そのままおとなしく退場なんかしてやるものか。

ノンナは立ち上がった。

そろそろ中島を休憩させ、トイレに行かせるタイミングが来ていた。

トイレから戻ってきた中島は、濡れた手をノンナが差し出すタオルで拭《ぬぐ》い、淹れてくれたコーヒーを受け取った。

「閉鎖生態系は、生態系を構成する複雑で濃密なネットワークから、どれだけ結節点《ノード》を引っこ抜いたら壊れてしまうか、それを見きわめる積み木崩しみたいなものだ。最初から崩れかけているから、フラフラと揺れ、決して安定しない。致命的なポイントまで崩れる前に、管理者が適切に介入することで、ようやく維持できるんだ。静的な意味での安定は存在しない」

コーヒーとおしゃべりは、過熱しすぎた脳のクールダウンになる。

「閉鎖生態系で長く暮らしてきたアロイスの知識や経験は役に立たないの？」

中島にとっては、おしゃべりする相手としてのノンナはナターシャよりも気楽だった。ナターシャが相手だと、ついつい〝うまいこと〟を言おうとしすぎて口が止まってしまう。ノンナは口は悪いが、そのせいで中島も自然体で接することができる。

「すごく役に立つよ。う〜ん、そうだな。アロイスのノウハウというのは、問題を解くための公式みたいなものなんだ。うまく当てはめれば、たいていの問題は公式で解くことができる。けれど、公式をいくら覚えても、問題を見誤って間違った公式を当てはめてしまえば、解くことができない。閉鎖生態系の中で問題が起きているのかいないのか、起きているとしてそれがどんな問題なのかを判断する能力は、地球人が自分で見つけなくてはいけない」

「それはなぜ？」

「生態系は、惑星ごとに違うからさ。いや、ひとつの惑星の中でも時代や場所で細かいところが微妙に違う。アロイスの故郷を再現した閉鎖生態系と、地球の環境を再現した閉鎖生態系では、公式は一緒でも問題が違うんだ」

「ふーむ……わかりやすい」

「そうか？」

「今のはメモしておいて、広報にまわす。閉鎖生態系関係の技術が、銀河文明評議会がくれる技術のデッドコピーではダメなことを一般にも知ってもらうよい機会」

「え？　外に発表するなら、もうちょっとちゃんとしたデータをそろえないと、今のはざっくりした印象論でしかないので、専門的にみてずいぶん乱暴なことを言ってるから」

コーヒーカップを置いて立ち上がろうとする中島の手をノンナがつかんで止める。

「やめろ、ゴシュジンサマ。自分の仕事が最優先」

中島にその手の仕事をやらせると、凝り性というのもあって、なかなか終わらない。

「ちょびっと、手を入れるだけだから」

「だめだ、ゴシュジンサマ。あなたが手を入れると、まわりくどくなって、とても読めたものでなくなる」

中島は基本的に興味が向いたものに一直線に邁進《まいしん》する。

このままでは、こちらの目を盗んでまで、こっそりやりかねない。

ノンナは何か気をそらせるものがないか周囲を見まわし、そしてひとつの資料に気づいた。

「ナカジマ、建設中の一号スペースコロニーが粛清者の恒星反応弾で太陽が爆発しても大丈夫なのか、ネットで話題になっている」

「ん？　なんでだ？　軌道上にあるんだから、ゲートで退避できなくても、地球の陰に移動すればいいだろう？」

「地球の陰にいれば大丈夫なのかが心配されてる」

恒星反応弾により太陽の核融合反応が加速されると、まず強烈な輻射熱が、続いてプラズマの嵐が衛星軌道に押し寄せる。輻射熱は地球の陰にいれば完全に防げるが、プラズマのほうはそうはいかない。地球の重力や磁場に歪められてまわりこんだプラズマが、地球の陰側の軌道にまで到達するからだ。

「建設中の長城《ロングウォール》があるし、太陽嵐専用に調整されたシールド艦も建造中だ。あ、建造中じゃなくて、既存のシールド艦のうち何隻かを改造中だったたか。シールドの強度が低いから、ビーム砲は防げないが、何十時間も続く太陽嵐のあいだ、広い範囲にシールドを張りっぱなしにできるそうだ」

「一号スペースコロニーは、地球の陰に入って、専用シールド艦にも守られる、と」

「ああ、そう聞いてる。当初の予定と違って、一号スペースコロニーには推進機材も、転移能力もないからな。〈箱船〉と呼ばれてはいるが、自力では逃げることも隠れることもできない。地球の陰に隠れるのだって、タグボートが頼りだ」

「モデルになったアロイスのスペースコロニーとはずいぶん違う」

「そうだな」

「なぜ？」

「ん……あまり大きな声では言えないんだが、銀河文明評議会の地球への支援の規模が大きく変わったから、だ」

「どういうこと？」

中島は少し考えてから口を開いた。

「ついこの前までは、粛清者の侵攻があった時に地球が銀河文明評議会から得られる支援は、ほとんどゼロに等しかったんだ」

理由は単純だ。

地球と太陽系を、そこまでして守る価値がないから、である。

中島は、自分が最初にスペースコロニーの艤装委員に選ばれた時に、そのあたりの情報を調べた。そして慄然とした。

銀河文明評議会は、無情な組織ではない。途上種族を助け、導くことを、上級種族の義務と考えている。地球の教導種族である真摯に地球人を導いている。

同時に、銀河文明評議会はひどく打算的な組織でもある。粛清者との永劫に続く戦争においては、戦力にならない途上種族を助ける行為の優先順位は、ひどく低い。ゲートの使用においても、戦う兵士を慰労するため、一号スペースコロニーとほぼ同サイズのベースキャンプを前線まで運ぶことのほうが、教導からわずか十数年にしかならない途上種族の生き残りを救出するよりも優先される。

「それってつまり、前線で戦う兵士のために上等のホテルや、美味しい食べ物は運べても、滅びかけの地球人を救うための脱出船は送ってくれないってこと？　バカにしてる」

「おれに怒るなよ。それにアロイスは、その場合でも最善を尽くしてくれたはずだ。自分たちの輸送船を脱出船に改造して、地球からの脱出を手助けする計画があった」

「何人くらい？」

「そうだな、百万人くらいか。それと、一号スペースコロニーの百五十万人」

つい最近まで、それ以外の地球人は、地球と共に死ぬ運命だったのだ。

それを変えたのは、アロイスの上級種族のケイローンに〝魂の試練〟で地球の宇宙軍士官学校の教官や士官学校生が示した、戦闘種族としての地球人の可能性だった。さらに、モルダー星系の戦いでも、地球軍独立艦隊は他の途上種族を率いて勇戦したという。

「なにそれ？　地球人は粛清者との戦いに役立つ種族だから、支援してやろうってこと？」

「ぶっちゃけると、そのとおりだな。ケイローンは聞くかぎりにおいては親分肌の体育会系種族だから、打算的ではあっても、一度支援を決めれば、気前はいい」

宇宙人が来て地球全体の景気がよくなる前の日本を知っている中島は、ケイローンにブラック企業の、底抜けにバイタリティあふれる経営者の姿を見る思いだった。どちらも、がんばって這いあがった経歴を持ち、それゆえにやればできる、なぜなら自分にできたからだ、という強い自信を持っている。

「支援はありがたいけど、ケイローンは好きになれない」

「好きになる必要はないさ。向こうだって、地球人が好きで援助してるわけじゃない。おたがいに相手を利用しているだけの関係だ」

ぷんすか怒るノンナの前に、中島はお茶請けのクッキーの皿を押しやる。

ボリボリとノンナがクッキーを頬張る。それから、じろっと中島を見た。

「お菓子でなだめることのできる安い女だと思われている疑惑が」

「そんなことはない。ノンナはいい子だ」

「子ども扱いされた！　屈辱！」

「じゃあ、いい女ということで」

「投げヤリすぎる」

「ノンナはいい女だ」

「許す」

「よし、じゃあ仕事に戻るか」

気分転換をすませ、中島はふたたび机に向かって仕事を再開した。

冗談めかしてはいたが、中島はノンナに救われた気分だった。

粛清者との戦争に役立つ種族だから、地球は充分な支援を銀河文明評議会から受けることができた。戦争の役に立たなければ、見捨てられる。中島はそれを〝現実はそんなもの〟と考えて自分の感情を押し殺していた。

だが、ノンナが素直に怒ってくれたことで、中島の中で押し殺されていた不満や怒りが、少し楽になった。〝現実はそんなもの〟かもしれないが、現実に押し潰されて全肯定してしまい、思考停止に陥れば、疑問を持つ能力が失われる。

——それは、おれのような仕事では致命的だ。閉鎖生態系の中で起きるさまざまな問題を解決するには、ちょっとした異常でさえも〝そんなものだろう〟で流さず、疑問に思って追求する資質が必須だからな。

怒りにかまけて目が曇ってもいけないが、怒りを押し殺すことで目をそらすようになってもいけない。だから、腹が立つ時にはちゃんと怒り、それをあとまで引きずらないことが大事なのだと、ノンナに教えられた気分だった。

一号スペースコロニーは、現在、全工程の八十パーセントまで完成している。艤装委員であり、閉鎖生態系主任監督でもある中島の仕事も、今は実際に閉鎖生態系の運用を開始した時に生じるトラブルを想定し、その対処方法を考えておく段階に入っていた。この段階では、作業に終わりはない。ここまで考えればそれで大丈夫、というものはないからだ。

——一号スペースコロニーはなんとかなるといっても、地球人が初めて造って運営するスペースコロニーだ。いくらでもトラブルは発生するだろうな。

トラブル対策で最後にものを言うのは、人間の注意力だと中島は考えていた。トラブルの引き起こす結果と、その原因が一対一で結ばれているとはかぎらないからだ。

——空気や水の汚染。水耕農場の効率低下。こういうトラブルに対して原因は山のように考えられる。複数の原因が重なっていることだってある。わかりやすい、見つけやすい原因に気を取られれば、それ以外の原因を見落とすことにもつながる。

中島自身は閉鎖生態系でのトラブル解決に高い能力を持っている。しかしそれは、完全《アー》環境都市《コロジー》での経験と個人的な資質に依存している。

——おれがいなくても、なんとかなるようにしておかないと。

作業を開始しようとして、中島は画面に表示された新着メールに気づく。

「お、マキモグ技術相談役からか。凍結睡眠カプセルの必要個数は手配できたのかな」

アロイス人のマキモグは、シェルター建設公社の顧問だ。

マキモグと一緒に考案したのが、ナカジマ・システムのシェルターだ。ナカジマ・システムでは、避難民は最初に使い捨ての一時収容型シェルターに入り、その後、閉鎖環境型の長期収容型シェルターに移動する。

一時収容型シェルターの収容人数と収容可能期間を延長させるために、マキモグが手配していたのが、凍結睡眠カプセルだ。人間を極低温カプセル内で眠らせて保管する凍結睡眠が利用できれば、空気や水、食料の消費は最低限ですむ。その分、大量の電力を消費するが、電力はシェルター内でも安定供給しやすい。空気や水、食料は蓄えるにはかさばるのでリサイクルが必要だが、電力はそうではないからだ。

「問題はただひとつ、地球には凍結睡眠カプセルを量産する工場がない、ってことだな」

メールによると、マキモグは、銀河文明評議会を通じて近隣の諸星系に頼んで凍結睡眠カプセルを手配し、二十億人分の確保には成功したが、ゲートの優先順位が軍需物資に限定されているため、一年以内に地球に届けるのは不可能、とメールにはあった。

——残念だな。十億人……いや、一億人分でも凍結睡眠カプセルがあれば、地球各地のシェルターの閉鎖生態系にかかる負荷はずいぶんと下がる。それだけの人間が、電力をのぞけば生存に必要なさまざまな物資をほとんど消費しないのだから。

しかし、数は確保できても、届かなくては意味がない。

マキモグのメールには、期間内に届いたものを脱出船と一号スペースコロニーにまわすので、一人でも多くの人間を宇宙へ運ぶために利用してほしい、と書かれていた。

——ありがたく受け取らせていただこう。収容スペースが問題だが……設計変更を最小限にできるのは、予備の水タンクだな。ひとつふたつ入れ替えて、三十万人くらいを半年ほど収容できるかな？

ぐりぐりと、中島はメモ用紙に思いついたアイディアを書きこんでいく。

マキモグのメールの残り部分は、大量の愚痴《ぐち》だった。

『中欧に建設中のミッドガルド・シェルター群が新しい安全基準をクリアできず、建設中止に追いこまれたです！　すでに作ってある、おっきな穴の使い道はあとで考えるとして、急いで西欧のアヴァロンとザナドゥ・シェルター群、東欧のヴァルハラ・シェルター群を拡張しなくてはいけなくなったです。うがー！　いっそ殺せですよ！』

マキモグのメールには、新しい安全基準がどのようなもので、中欧のシェルターがクリアできなかった部分はどこなのかは書いてなかった。中島は自分の持つ知識から、推測で補ってみた。

——〝新しい〟というからには、その安全基準はモルダー星系の戦いで粛清者が使った恒星反応弾による攻撃が行なわれたという前提なのだろうな。

恒星反応弾により、太陽の核融合反応が増進すると、太陽表面が大爆発を起こす。地球に与える最大の影響は、生じる輻射熱だ。

――たしか、SF作家のラリイ・ニーヴンの「無情の月」……じゃない「無常の月」っていう短篇がそういう太陽表面爆発が起きた時の情景を描いたSFとして話題になっていたよな。本屋で検索して……おお、ランキング上位に入っている。ダウンロードだけしとくか。あとで読もう。

太陽表面爆発の第一波は、光の速度で地球に届く。地球の昼の面《ライトサイド》が強烈な陽光にあぶられ、気温が急上昇。海や川の水は蒸発し、雪や氷河も溶ける。草原や森林は燃え、多くの生命が失われる。蒸発した水蒸気の津波が昼の面《ライトサイド》から夜の面《ナイトサイド》へ駆け抜け、その衝撃波が地表を蹂躙《じゅうりん》し、町を破壊する。

――だが、地下に作られたシェルターにとっては、ここまでの影響はない。地上に近い通路が破壊されることもあるだろうが、それは想定内だ。地上部分が塞がれた時に備え、別の出口を地下から作ることができるよう、設計されている。

問題は、そのあとだ。

海や川、氷河などの形で地上にある水が蒸発して雲になれば、その分の重しが地表から取り除かれたことになる。重しを失った地表は浮き上がり始め、それがあちこちで地震を発生させる。さらに、太陽表面爆発で高温にさらされた大地は、熱によって膨張を始める。これもまた、地震の原因となる。

地震は、地下シェルターにとって最大の敵だ。

特に日本は地震が起きやすい火山列島なので、地下シェルター建設では、大規模な地震に備えた設計がなされている。地震そのものは防ぎようがないので、被害を極限まで小さくするための区画作りや、復旧に備えて予備システムを用意しておくことが設計に組みこまれている。

——地震の危険が少ない地域では、基準も緩やかだったはずだ。それが日本並みに厳しくなったせいで、建設中止に追いこまれたのかな。

こうした問題は、この先、ますます増えていくことが予想された。

——今後は、地下シェルター建設は少なくなるだろうな。

濃密な大気と豊富な水に包まれた居住惑星は、主星に恒星反応弾を打ちこまれれば、たちまち脱出困難な牢獄と化す。それまで生命を育んできた大気と水が敵にまわるのだ。

恒星反応弾を打ちこませない迎撃網、太陽表面爆発から惑星を守る防壁を建設する、などの手は打たれているが、確実とはいえない。

では、どうするか？

——現状で有力候補にあがっているのは小惑星シェルターだ。小惑星の片側にシェルターを建設し、そちらを常に太陽とは反対の夜の面《ナイトサイド》に向けておく。

地球の月のような衛星では、自転と公転を調整して常に片方の面だけを夜にする、という手は使えない。それが可能なのは小惑星だけだ。手ごろな小惑星がない場合は、月のクレバスの地下にシェルターを建設する計画もある。

しかし、これには二つの問題があった。

まず、避難民を小惑星まで移動させる手段の問題。地下に鉄道を作って都市部から直接シェルターへ逃げこめばいい居住惑星の地下シェルターと違い、億単位の人間を、短時間で宇宙へ輸送させるのは至難のわざだ。しかも、避難のタイミングは粛清者の侵攻と重なるから、惑星から宇宙へつながる輸送インフラは、迎撃に必要な物資や人員を運ぶことが優先される。そのタイミングで避難民専用の軌道エレベーターなりリニアカタパルトを建設するのは、現実的でない。

次に、シェルター自体の問題だ。何億もの人間を小惑星シェルター内で長期間生存させるには、地上よりも高度な閉鎖環境の構築が必要になる。一号スペースコロニーをモデルに、簡易型の閉鎖生態系を持つシェルターを量産するには、大金がかかる。それを粛清者の攻勢をしのぐためだけのシェルターに使えるほど、地球は生産力に余裕がない。

――だからこの場合は、閉鎖生態系は諦め、凍結睡眠カプセルをカイコ棚のように並べて冷凍睡眠状態にする必要がある。凍結睡眠カプセルさえあれば、そこそこのコストで、億単位の人間の長期間凍結保存が可能だ。

凍結睡眠以外の手としては、薬による低速代謝がある。

安全面での問題が解決していないので中島が担当する一号スペースコロニーでは見送られたが、低速代謝剤《ファストドラッグ》を利用したシェルター計画は、かなり進行していると聞く。

極低温で代謝を完全に止め、理論上は百年でも二百年でも眠り続けられる凍結睡眠に比べると、低速代謝は人工的な冬眠のようなものだ。うつらうつらと眠っているあいだに一週間、一カ月があっというまに過ぎ去ることから、逆説的に〝高速《ファスト》〟と名前がついている。

地球ではまだ生産できない機材が必要な凍結睡眠システムに比べ、手早く大勢の人間をシェルターに収容できるようになる。

中島は自分の考えをまとめた、本人にだけしか読み取れないメモを見なおした。

――閉鎖生態系への負荷を下げるという意味なら、どちらも有用な手なんだが……どこか片手落ちな気がするな。

そして気がついた。

――そうか。粛清者が今後も同じ手を使うとはかぎらないな。

粛清者と人類の戦いは、有利不利が安定しないシーソーゲームだ。

しかし、一進一退とまではいかない。地球に公開されている情報を見るかぎり、人類側が粛清者側に一方的に攻めこまれている。人類側が進むことはないから、撃退するか、後退するか、のどちらかだ。

銀河文明評議会が人工知能を利用した守護天使システムを導入して撃退するようになると、粛清者はこれをハッキングして無力化した。

続いて、星系外周にゲートを作り、恒星破壊兵器を投入する粛清者の攻勢に対し、銀河文明評議会もまたゲートを使い、途上種族までを投入した戦力の集中で食い止めるようになった。

そして今は、粛清者側が恒星反応弾と耐ビームコーティング艦の投入で新たな攻勢に出ており、銀河文明評議会側が対応に追われている。

——これも対策が取られるようになる。モルダー星系の戦いだけでも、人類は多くを学ぶことができた。戦況が停滞すれば、粛清者はまた新たな手を使ってくるだろうな。

まさに、新薬と耐性菌の関係だった。この場合、薬を使っているのが粛清者で、対策を考えている人類側が耐性菌となる。

人類側が粛清者の星を奪うことはない。しかし、人類側は新しい途上種族をリフトアップして数を増やし、失われた分を取り戻している。

——より強い薬に頼るには限界がある。おれが粛清者なら、遺伝子改良した菌を作り、他の菌を駆逐か無力化するような手を人類に使うだろうな。

そこまで考えて、中島はぞっとした。

粛清者が〝粛清者側の人類〟を作りだし、銀河文明評議会の中に送りこんでくる、という光景が浮かんだのだ。モルダー星系の戦いで途上種族の部隊が活躍したり、恒星反応弾という新しい脅威が即座に地球で情報公開されたように、人類側の強みは内部での積極的な情報共有と協力関係にある。〝粛清者側の人類〟はその大前提を破壊する。

裏切り者が銀河文明評議会の中に入りこめば、今のような協力体制は取れなくなる。ゲートへの破壊工作。情報漏洩による手薄な星系への奇襲。それらが重なれば、銀河文明評議会はたちまち苦境に追いこまれるだろう。反撃態勢を整える暇もなく、壊滅するかもしれない。

――いやいやいや。それこそ、無理だろう。粛清者側がニセ人類みたいなのを造って送りこんできても、至高者《オーバーロード》をだませるとは思えない。

銀河文明評議会のさらに上位存在であるオーバーロードは、七十億の地球人全員の脳に一度にマインドリセットを行なう力を持つ。中島も、十五年前のことははっきりと覚えている。自分の脳の認識が書き換えられる衝撃は、年齢を重ねた大人ほど強かった。

――粛清者がニセ人類を造るってことは、まず銀河文明評議会をだますわけだから、遺伝子も能力も人類の範疇《はんちゅう》である必要がある。それで至高者に頭の中をのぞかれれば、粛清者の手先であることは一発でバレるだろう。

「あ！　もしかしてマインドリセットというのは……！」

「ゴシュジンサマ、どうした?」

思わず声をあげた中島に、端末に向かって日常業務を処理していたノンナが顔をあげる。

「いや、なんでもない。なんでもないんだが……いや、考えすぎだろう」

中島は自分の頭のなかに浮かんだ考えを振り落とすように小さく首を振った。

地球人と同様に、アロイスやケイローンなども皆、最初はマインドリセットされてから銀河文明評議会に加盟している。

――マインドリセット時に、粛清者側の手先だとか、将来そうなりそうなのをふるい分けてるとか、そーゆーコトはないよな……うん。

中島はぐりぐりっと、ペンでメモの一部を塗りつぶしながらノンナに言った。

「ノンナ、粛清者にとって、人類は銀河にはびこるバイ菌だと思われている、そう考えたことはないか?」

ノンナは振り返ることなく答えた。

「以前、ネットで話題になっていた。粛清者にとって人類はゴキブリで、直接害があるかどうかよりも、とにかく駆除したくてたまらない存在なんじゃないか……って」

中島は、笑いともため息ともつかない短い息を、ふっと吐いた。

「みんな考えることは同じか……」

地球人が粛清者に何か害をなしたことはない。

これから先も、粛清者との戦いに大きな変化がないかぎり、地球人は粛清者の攻勢から地球やほかの人類諸星系を守る戦いにしか参加することはないだろう。

——なのに、なんでここまで目の敵《かたき》にされなきゃならないんだ。本当に、〝ゴキブリみたいに存在そのものが許せないから〟と考えたくもなる。

中島は、塗りつぶした上側に矢印を書き加えた。その矢印の根元には、円を組み合わせてつくられたシンボルを描く。

生物的災厄《バイオハザード》のシンボルだ。

中島は、人類の居住惑星に粛清者が生物兵器を投入した時のことを考えてみた。

——人を直接に害する病原菌。これは脅威になる。だが、病原菌との戦いは人類にとって慣れたものだ。新たな病原菌が来ても、おれたちには充分なノウハウと、防疫、医療体制が存在している。

続いて、彼の仕事にも関わる環境を汚染する生物兵器を考えてみて、メモを取るペンがぴたり、と止まった。続いて、猛烈に動き始める。

——そうか、〝粛清者側の人類〟なんて手間がかかり、効果も不安定なものを作り出す必要はないんだ。人類は、どれも地球のように安定した環境でなくては生きていけない。繁殖力の高い微生物、プランクトン、藻類、そういうものを環境汚染するよう遺伝子改造してばらまくだけで、恒星反応弾や恒星破壊兵器より、よほど安上がりに居住惑星にピンポイントでダメージを与えることができる。たとえば、火山の活動を活発にして寒冷化させる、温室効果ガスを増やして温暖化させる、というのも立派な生態系への攻撃だ。

それらはまとめて生物《bio》兵器ではなく、生態《eco》系兵器という分類になる。

アロイスやケイローンレベルの文明であれば、その攻撃にも充分に耐えられるだろう。彼らは惑星レベルでの環境コントロール技術を持っている。火星や金星のような星でも、地球のように居住可能な星に改造できるのだ。

しかし、地球人やリフトアップしたばかりの途上種族の文明は、生態系兵器に対して脆弱だ。中島がノンナに話したように、生態系は惑星ごとに違う。途上種族を導く教導者《インストラクター》がどれだけ高い技術を持っていても、粛清者の生態系兵器で途上惑星の生態系のバランスが崩されたら、打てる手はかぎられる。

――マインドリセット以前は、地球人自身の手で各種の公害や、オゾン層の破壊、砂漠化、酸性雨、温室効果ガスなどの問題を引き起こしていたくらいだものな。

生態系というのは、全体でバランスを取っているところがあり、どれかひとつの種が繁栄するだけで、ガタガタと崩れていく。地球人が特別悪いというわけではない。光合成で酸素ガスを生み出すバクテリアが誕生する前の地球の生態系は、遊離酸素がほとんどない状態でそれなりに安定していたのだ。光合成細菌が繁茂するようになったあとは、酸素の存在を前提としたバランスが取られるようになっただけである。

・――生態系兵器が使われた場合も、同じだ。原因を駆除できなければ、それを前提に新しいバランスを求める必要がある。そのノウハウさえ手に入れたあとならば、生態系兵器もさほど恐れる存在ではない。

では、そのノウハウを地球人が手に入れるにはどうすればいいか？

中島の思考がぐるり、と一周して一号スペースコロニーに戻る。

「見つけたぞ」

生態系のバランスを取るノウハウは、完全環境都市《アーコロジー》やスペースコロニーの中にある。閉じた環境の中にある閉鎖生態系は放置すればどんどんバランスが崩れる脆弱な存在だ。地球人はこの中で自分たちの生態系のバランスの取りかたを学ぶことができる。

――凍結睡眠や低速代謝では、確かに環境への負荷は下がる。電力さえあればいいので閉鎖生態系に依存しないからな。でも、それではノウハウは学べない。何より、その中で眠っている人間はただのお荷物だ。自分では逃げることもできない人々を抱えているのだから、想定されていない突発的な事故が起きたさいに、システムの脆弱さが露呈する。あまりにリスクの高い行為だ。

凍結睡眠や低速代謝は、目先の問題への安易な解決でしかなく、別の脆弱性を生み出しているだけだ。

粛清者の攻勢が間近に迫った今の地球では、その安易な解決を選ぶことも必要かもしれない。だが、いつまでも頼っていいやりかたではない。

「では、どうする？　もちろん、決まっている」

中島は決断した。

――やはり、将来はスペースコロニーの量産だ。それも、むかし《ガンダム》で見たように、地球＝月系の狭い空域に作るのではなく、火星、木星、土星、とそれぞれの惑星圏に広げて作る。

地球の地下に作るシェルターは、あくまで今回だけの緊急避難場所とする。

今は有力候補である小惑星シェルターも、同じく恒常的な施設にはしない。

これらのシェルターに入った人間は救助を待つだけの存在になってしまうからだ。

――人が役立たずのお荷物として扱われるのは、よくない。そういえば《ガンダム》のスペースコロニーも、どこか棄民めいた設定だったよな。人が増えすぎたから、地球の外に捨てました、的な。まるで人が増えると役立たずも増えるから悪いことのように。

優秀な人間以外は必要ない、という風潮のある社会が、どれだけ人の心を内側からすさませるか、マインドリセット以前の日本を知る中島は、我がこととして体験していた。

――誰もが最初から優秀ではない。人の器は、学び、働く場を与えられ、負荷にさらされてこそ成長する。おれがその証拠だ。十五年前まで、就職活動してもどこも〝今回はご縁がありませんでしたが〟とお断りメールを返すような使えない若造がおれだった。それが完全環境都市《アーコロジー》というフロンティアを得て、そこで働いたことで、人類初のスペースコロニーの艤装委員にまで成長できた。

なら、かつての自分と同じく、若くてぱっとしない次世代のために、新たなフロンティアを作るのが中島の使命だった。

最初は小惑星がいい。地下シェルターと同じく岩盤の中をくりぬいて生産できる。ここに地球から持ちこんだ動植物やバクテリアで閉鎖生態系を作り、人々を移住させる。

小惑星コロニーが安定したら、これを各惑星に牽引し、それぞれの軌道に乗せる。ここを飯場《はんば》として、各惑星の資源を利用した資材生産工場を作り、スペースコロニーを量産する。

そして地球は、各種遺伝子の供給源だ。

スペースコロニーの閉鎖環境では、遺伝子プールが小さい。世代交代を重ねるうちに特定の遺伝子だけが残って、全体としては劣化していく危険があった。それを逐次、地球由来の新しい遺伝子でリフレッシュさせる。

――まだまだ、地球人には母なる惑星が必要だな。宇宙軍にはしっかり守ってもらわないと。

各惑星圏のスペースコロニーが成長していけば、そうした問題もコロニー間で相互に閉鎖生態系内の遺伝子をやり取りすることで補えるようになる。

そうなれば、太陽系のすべての惑星、衛星、小惑星が地球人の故郷となる。太陽系すべての資源と空間を使って人口と生産力を向上させ、その力で粛清者の攻勢を食い止める。地球人の絶滅を防ぐ。

中島が作る一号スペースコロニーは、そのためのモデルケースであるべきだ。

心が決まった中島は、ニンマリと笑う。

「ゴキブリの繁殖力と生命力を舐《な》めるなよ、粛清者」

「ゴシュジンサマ、何を考えているのか知らないけど、そのたとえはやめて」

そしてノンナに怒られた。

6 光明

海王星は太陽系のもっとも外周にある惑星である。その海王星の軌道の外側は、太陽系ではなく、太陽系外縁部と呼ばれている。

実際に、外縁部から見る太陽の光は、か細く、熱量は、ほとんど感じられない。

「昔は、冥王星までが太陽系で、水金地火木土天海冥って言われていたんだよな……」

途上種族連合艦隊旗艦ヤタガラスの戦闘指揮室にある、情報端末シートにすわって、外部モニターを見ていた恵一が独り言をつぶやくと、それを聞きつけたロボが答えた。

『冥王星の軌道って楕円形だから、時どき海王星と冥王星の順番が入れ替わったんでしょ？　そういうときは、水金地火木土天冥海って呼ばれてたの？』

「さあ？　おれはそのころを知らないけど、順番が入れ替わっているのは、太陽の周りを一周する二百四十七年のうちおおよそ二十年くらいで、その時以外は海王星の外側にいるから、さほど問題にならなかったんじゃないかな？　どっちみち、冥王星は惑星じゃなくて、エリスやマケマケ、ハウメアなんかとひっくるめて、冥王星型天体の準惑星ってことになってしまったから、順番の呼び名で悩むこともないし、望遠鏡と無人探査機でしか知ることができなかったエッジワース・カイパーベルトやオールトの雲のあたりも、こうやって飛びまわって調べることができるようになった今では、すべて昔話みたいなものだしね……」

そう答えたあとで、恵一は、思い出したように付け足した。

「そういえば、こうやって声に出して会話したのって、久しぶりだな……」

ロボは、恵一の前に緑茶の入ったドリンクパックを置いて小さく頭を下げた。

『ずっと感応端末で会議会議の連続だったものね。ライフカプセルの中で代謝促進入浴をしている時も、ご飯を食べているときも、感応端末で繋がって誰かと会議中。ホント……ご苦労さまでした』

恵一はドリンクパックのストローをくわえて、ひと口飲んでから、ふう、とため息をついた。

「この二日間で、二年分の会議をこなしたような気がするよ。でもその甲斐あって、地球連邦軍の戦力のほとんどは、恒星反応弾迎撃にまわることになった。あとは、おれたち地球軍独立艦隊と応援に来てくれた途上種族艦隊が、どれだけ粛清者《しゆくせいしや》の転移攻撃を叩けるか、だな……」

『倍数の法則が確実なら、次の粛清者の転移は百二十八隻だよね？』

「百隻を超えれば、れっきとした戦闘単位だ。親衛義勇軍の装備改変が遅れていると聞かされた時は、どうなるかと思ったけど、途上種族艦隊の応援がまにあってくれて助かったよ」

『サーチー星系軍艦隊とウルム星系軍艦隊の二つは、モルダー星系防衛戦のときに泊地《ベース》を共用していたから顔なじみだけど、インブレス星系軍の人たちは初めてだよね？』

恵一は目の前にあるコンソールを叩いて、途上種族艦隊のデータを呼び出しながら答えた。

「レキシム中将の話だと、太陽系防衛戦に応援派遣する途上種族艦隊は、ケイローンによる選抜ではなく志願を募ったそうだ。そうしたらモルダー星系防衛戦に参加した途上種族全艦隊が志願してきたので、結局選抜になってしまったらしい。インブレス星系人は、地球より百年近く前に銀河文明評議会に加わった種族で、今までに何回も他星系の防衛戦に参加しているいわば大先輩みたいな種族なんだが、ケイローンからの評価はあまり高くない。レキシムに言わせると、〝ケイローンの忠実な信徒で、それ以上でもそれ以下でもない〟ってことらしい」

『忠実な信徒って……あ、そういえばインブレス星系人って、宗教国家体制なんだよね？宗教指導者がそのまま星系国家の指導者になってる……みたいな』

恵一はうなずいた。

「戦場ってのはすべての要素が流動的だから、その時どきの状況に応じて、対応を考えて部隊を動かさなきゃならない。でも、宗教的な価値観ってのは、なんというか〝ヒエラルキーの上級者に対して疑問を持たず、盲目的に従うことが善である〟みたいなところがあって、指示されたことを忠実にこなすことはできても、突発的な事案に対して、〝必要であれば指示されていないことであっても、自分で考えて自分の責任で動く〟ということができないんだ。宗教ってのは異端を嫌うからね。防衛戦に参加するのも、少しでも経験を積んで、自分たちを書き換えようという努力の表われなのかもしれないな……」

『今の戦術マニュアルよりも詳細なマニュアルを作るようにって、戦術支援AIに指示していた理由はそれだったんだね』

「戦術支援AIは、人間が何かアクションを起こすときに、失念していたり、見落としたりしてミスをしないように、補助、助言を行なうのが本来の仕事だ。予言者でもなければ、勝利を約束する黄金の処方箋でもない。AIの言うことを忠実に守ればすべてうまくいく、みたいなことはないんだが、インブレス星系人は、そのあたりを勘違いしているようなところがあるからね。それを逆手にとって、士官学校の教官マニュアルをもとにして、少し具体的に指示を出すように、こっそり戦術支援AIの指示内容を組み替えたんだ。

いや、組み替えってのは言いすぎだな。おれには複雑なプログラムはわからないから、AIと問答しながら選択肢を山ほど作ったというだけのことさ。臨機応変の対応を思いつけない人には、具体的な選択肢を提示して選ばせる。さもないと、何をしていいかわからなくなってしまうからね」

『使えない先輩に指示命令するときって、気を使うよね』

「そう言われると身も蓋もないけど、まあ、そういうことかな……」

恵一がそう答えて苦笑いを浮かべた時、目の前のモニターに通信ウィンドウが開いてアイコンがまたたいた。

――通常の通信リンクってことは、部隊指揮系統じゃないってことか……誰だろう？

恵一の疑問に応えるようにロボが答えた。

『サーチー星系軍艦隊総司令官のエンテ・アスペク准将から、個人通信です』

「アスペク准将から？　なんの用なんだろう？　まあいいや、緊急事態じゃなさそうだし……」

恵一は、そんなことをつぶやきながら感応端末に触れた。

ふっと、足元が消えるような感覚が訪れ、そのまま意識空間が繋がった。

『ああ、お忙しいところ申しわけない！』

目の前に立っていた、褐色の肌に白い髪を持つサーチー星系人の若い男が、人懐っこそうな微笑みを浮かべて、右手を差し出した。

『握手は、地球では友好の印《しるし》……でしたよね？』

『はい、喧嘩上等！　かかってこいや！　という意味ではありません』

恵一の答えを聞いて、アスペク准将は笑った。

『それを聞いて安心しました。実はお忙しいところ、こうやってお呼び立てしたのは、理由がありまして……』

アスペク准将はそう言いながら、恵一に図表を示した。

戦術支援ＡＩが、その図表がケイローンから支給された新型の戦列艦の火力を表わしたものであることを教えてくれた。

『新型戦列艦の火力表ですね。これが何か？』

『戦列艦の主砲の出力がかなり強化されているのがおわかりですか？　動力ユニットの出力はさほど変わっていないのに、射出される総エネルギー値が約二倍近くなっています』

『はい、ケイローンの技術士官のかたの説明ですと、新型艦が搭載している主砲は新型で、発射するビームの粒子を高質量荷電粒子に変更した。火薬エネルギーで発射する火砲にたとえるなら、高初速で徹甲弾を撃ち出すようなものだ、という話でしたね』

『はい、その概念を聞いたわがサーチー軍の技術士官が、おもしろいことを言いだしまして……耐久性を犠牲にして、ビームの威力を極大化できないだろうか？　というのです。ご存じのとおり、粛清者の新型艦には駆逐艦などの小型艦に対しても耐ビームコーティングがほどこされており、遠距離ビームでは撃破不能となっておりますが、その技術士官によりますと、耐ビームコーティングの原理は、われわれのシールド艦が展開するビーム吸収シールドと原理的には同じもので、それを小型化し艦体に蒸着させているにすぎないのではないか。つまり、あの耐ビームコーティングは、命中したビームエネルギーを吸収し無力化するもので、吸収したエネルギーを艦内になんらかの形で蓄えているはずである。われわれのシールド艦は、敵の撃ってきたビームのエネルギーを熱に変換し、高質量金属に吸収させ、高熱の金属蒸気を排出することで敵のビームエネルギーを処理しているが、廃熱排出用の金属の補給がなければ、ビームを吸収することができなくなって、過負荷を起こしたシールド艦は破壊されてしまう……つまり、粛清者の耐ビームコーティングも、吸収するエネルギーのキャパシティを超えて過負荷を起こさせるくらいの高エネルギービームを撃ちこめば、無力化できるのではないか？　という意見具申がありまして……』

恵一はうなずいた。

『ええ、理論上はありえますね。しかしケイローンのレポートにも、それと同様の方法で粛清者のシールドを無力化できるのではないか、という試案がいくつかあがっています』

恵一の答えを聞いたアスペク准将は、ああ、やっぱり……という顔で耳の後ろを掻いた。

『さすがはケイローンですね。われわれが考えていることくらいは、すでに研究ずみ、ということですか……でも、なぜ、ケイローンはその方法を試そうとしないのでしょう？』

『試験は行なっているのではないかと思います。しかし、その方法だと主砲の寿命が極端ーに短くなります。エネルギー出力ユニットと、それを主砲のビームに変換するコンバーター回路などの安全性にも関わってくる部分ですから、危険を伴うのと経済性の問題でしょう。いかにケイローンの戦力が潤沢《じゅんたく》だとしても、戦列艦の主砲を使い捨てにするわけにはいかないのだと思います』

『そうか、そう言われてみればそうですね。ケイローン軍は下級種族の防衛のためにさまざまな星系に赴き、何度も戦わなくてはならない。そう考えれば、耐久性、繰り返し何度も使えるというのは重要な要素になるのですね……やはり難しいか……』

『何かいいアイディアでも？』

『ええ、わがサーチー軍の技術士官が……さっきの意見具申をしてきた人間なのですが。こういう部分に人一倍興味を持っていて、エネルギー出力ユニットと主砲コンバーターユニットなどの保安パラメーターを操作し、保安基準を下げることで、耐久性を犠牲にして主砲の出力を上げることができるはずだ。われわれにはパラメーターを操作する権限はないが、アリサカ少将にはあるのではないか？　ぜひとも意見具申をしてくれ、と言いまして……』

『保安基準のパラメーターを操作する権限ですか？　そんな権限あったかかな？』

考えこんだ恵一を見て、アスペク准将はあわてて首を振った。

『あ、いいえ、こちらで確認しました。途上種族連合艦隊規則では、司令長官にはそのような権限は付与されておりません。艦船の装備、火器、航法装置などの保安基準についての変更権限を持っているのは、ケイローンの装備本部ですね』

『やはりそうなんですね……しかし、そうとわかっていながら、なぜわたしにその話を？』

『いや……実は、その技術士官が言うにはですね、〝アリサカ少将なら、この権限の壁をすり抜ける方法を思いつけるはずだ〟とのことでして。わたしも一理あるなと思い、こうしてプライベートメッセージをお送りしたわけです』

『そうだったのですか……』

そう答えながら、恵一は考えていた。

——確かに、このアイディアには一理ある。おれは、今まで受け取った戦列艦や重雷装特化型軽巡航艦の火力やスペックは固定値の将棋の駒と考え、それを使ってどう戦うかだけを考えていた。受け取った新鋭艦のパラメーターを書き換えて、火力を増すなどという方法を考えたことがなかった……。

恵一はにっこり笑ってうなずいて見せた。

『わかりました、非常に参考になりました。実におもしろいアイディアです。なんとかできないか、こちらでもいろいろ考えて動いてみます』

『いえ、こちらこそ、太陽系防衛の一助になれば幸いです。お忙しいところ申しわけありませんでした』

アスペク准将はそう言うと一礼して、通信を切った。

旗艦のブリッジに意識を戻した恵一は、ロボが渡してくれたドリンクパックに手を伸ばしたまま考えこんだ。

――確かに、パラメーターを変更し、一時的に主砲の出力を上げることで、粛清者の新型艦の耐ビームコーティングを無力化することができれば、それは大きなアドバンテージを持つ。双方が何万という艦隊を有して、たがいに叩き合うような大規模会戦では、有力な火器を有した艦を少数投入しても物量の前には無意味だが、今、われわれが直面しているような、数百の、数千の敵艦が、反復して攻撃してくるような会戦が続くとしたら、たとえ火力の優勢な艦が少数しかなくとも、戦術面では有利になる。

恵一は顔を上げてロボに言った。

「バーツたちを集めてくれ。今のアスペク准将の意見具申を検討したい」

『了解です』

ロボはそう答えたあとで、嬉しそうに付け足した。

『目が輝いているね、宝物を見つけた子どもみたい……』

「宝物か……そうなればいいけどな」

恵一は、そう答えると、少しぬるくなって、飲みごろになったドリンクパックのお茶を飲み干した。

『ビームの出力を上げる代わりに砲の寿命が短くなる……というと、まるでゲルリッヒ砲みたいだな』

恵一からアイディアを聞いたバーツは、にやっと笑って答えた。

『ゲルリッヒ砲?』

恵一が聞き返すのと同時に、戦術支援AIが、恵一の記憶層に、ゲルリッヒ砲に関する情報を挿入してきた。

——ゲルリッヒ砲とは、口径漸減砲とも呼ばれ、砲の口径を徐々に狭くしていくことで、砲弾の初速を向上させる火砲。地球における第二次世界大戦でドイツが採用し、実戦に投入した。発射にさいして、発射薬の爆発エネルギーによって砲弾は徐々に細くなる砲身の中で圧縮し、引き伸ばされ、砲口から発射された時には、その砲弾は同口径の火砲から発射されたものとは比べ物にならないほどの初速を持ち、小口径でありながら驚異的な貫通力を持っていた。

しかし、その構造上砲身の寿命は短く、四百発程度しか発射できなかったと言われており、タングステンカーバイトなどの稀少金属を使った特別な弾丸を使用する必要があったことから、補給が難しく、ごく少数が生産され使用されるに留まった——

　脳内に挿入された情報を確認した恵一はうなずいた。

『なるほど、確かに、バーツの言うとおり、概念はゲルリッヒ砲に近いな……』

『おまえ、ゲームキャラやユニットの性能パラメーターに手を加えて、チートキャラやユニットを作ったことがなかったのか？』

　笑いながら聞いてきたバーツに、恵一は素直にうなずいて見せた。

『ああ、そういうチートプレイがあることは知っていたけど、なんというか、そういうことは悪いことだ、みたいな考えかたを持っていて、そういうやりかたを敵視していた。だから、ユニットのパラメーターをいじって改造するという概念が頭の中になかったんだ』

『もしこの方法が可能ならば、やらない理由はありませんわ！　粛清者の新型艦にはビームが通用せず、実体弾と光子魚雷のみが有効であり、雷撃戦隊と機動戦闘艇しか対抗できないという現在の状況は、小型艦と機動戦闘艇の犠牲が増えるばかりです。実質的に遊兵と化している戦列艦が戦力になるのなら、戦いの流れは大きく変わるはずです！』

　勢いこんで答えたオルガを見て、ライラが心配そうに聞いた。

『確かに戦列艦のビームが有効になれば、戦いかたは大きく変わるわね。敵側に傾いていたバランスをもとに戻せるかもしれない。でも、戦列艦の主砲の出力パラメーターをいじるって、そんなに簡単にできるの？』

　ライラの疑問にはラクが答えた。

『戦闘艦の火器の制御は、すべてソフトウェアで行なわれている。出力などはパラメーターで調節できる。ざっくり言ってしまえば、エアコンのリモコンで温度調節するのと同じさ。いちいちエアコンの熱交換器のところに行ってバルブを締めたりしないで、リモコンのボタンをピッと押して終わりだろ？　エアコンのリモコンと違うのは、それなりの権限がないとリモコンに触《さわ》れないってとこかな』

『戦艦の主砲とエアコンのリモコンを同列に論じないでよ……言っている意味はわかるけど……要するに、やろうと思えばできる。ただし、やる資格がないってことね』

ラクはうなずいた。

『そういうこと。ただし、エネルギー出力ユニットからの出力を二倍にすれば、主砲から撃ち出されるビームの威力が二倍になる、みたいな簡単な話じゃなくて、ユニットから取り出したエネルギーが増えるってことは、それを送る動力ラインや、そのエネルギー粒子をビームにコンバートする回路の安全性に関わってくる。ラインや回路はそれなりの耐久性を考えて、強度や安全性のバランスを考えて計算され、設計されている。どこかひとつのパラメーターを動かせば、それに関わるすべての数値を再計算してシミュレーションを重ねなくちゃならない。手を抜いてやっつけ仕事をやれば、バランスが崩れてどこかの回路が破綻し、ビームを撃つ前に、ドカン！　と戦列艦が消えてなくなるだろうね』

ラクの言葉を聞いていた恵一は聞き返した。

『つまり、出力パラメーターを動かしたとしても、何度もシミュレーションを繰り返してすり合わせれば、高出力と引き換えに耐久性を失っても安定性は保つことはできる、という認識でいいのか？』

『まあ、言い換えればそういうことだ……やるつもりなのか？』

驚くラクを見て、恵一はうなずいた。

『この戦いに耐久性の概念は無用のはずだ。なぜなら次の戦いはないからだ。どんな方法を使ってでも粛清者の新兵器を破壊し、故郷の星を守りぬくこと。それが唯一の正解だ。ケイローンの規則はケイローンが守ればいい。おれたちは地球軍の規則を作り、それで地球を守るだけのことだ。それに文句を言うほうが間違いだ』

その時、今まで黙って戦術支援ＡＩと思念をやり取りしていたらしいタムイが口を開いた。

『この話を聞いてからずっと、ケイイチと、太陽系防衛の総責任者であるレキシムに付与されている権限を調べて、パラメーターを変更できそうな理由を探していたのだが、ケイローンの規則の中に、特例として現地改修が認められた項目がある。艦隊が派遣された先の機構や習俗に合わせて、将兵の艦内規則を変更できる権限だ。その中に、空調設備や重力制御、食料、そのほか戦闘遂行について必要とする範囲において、生命維持装置や居住設備などの装備の設定を変更できる権限というものがある。それと、これは補給が滞り、交換部品が入手困難な状況下でほかに方法がないと認められる場合に、耐用期限を過ぎた部品でも使用できるように耐用時間パラメーターを変更できる権限、及び廃品から再生した部品を応急的に使用可能とする権限が与えられる、というものだ。この場合は、保全管理データにアクセスし、各種のパラメーターを変更できる』

タムイの言葉を聞いた恵一は、にやっと笑った。

『そうか、非常時にはかなりの裁量が認められているんだな。パラメーターは不可触領域《アンタッチャブル》というわけではないのか……なんとかなりそうだな。タムイはそのまま、各種規則の中で抜け道になりそうな部分を探しだしてくれ。ラクとライラは、ビーム砲の出力を向上させて耐久性を落とした場合、どの程度の改修で可能なのか、シミュレーションを始めてくれ。オルガとバーツは、ビーム砲の出力が二倍になった場合、粛清者の耐ビームコーティングを無力化できる可能性について、シミュレーションを組んでくれ。各自の作業が終わり次第、レキシムのところに行って、交渉する。忙しいとは思うが、よろしく頼む。単なるアイディアと、実現可能性のある素案とは、説得力が違うからね』

『吟味を続ける』『了解！』『わかったわ！』『おまかせください！』『おうよ！』

バーツたちは、口々にそう言い残すと、意識空間から消えた。

——現在の状況は、オルガが言うとおり、戦闘のアドバンテージを粛清者側に取られたままだ。向こうはビームも光子魚雷も実体弾もすべて使えるのに対し、こっちはビームが使えない。ビーム砲がメイン武器の戦列艦の使いみちは、その強力なシールドを生かして、雷撃艦隊の前に出て敵のビームから味方の小型艦を守る盾の役目をするだけだ。もしこの方法で、敵の耐ビームコーティングをたとえ一時的にでも無力化できれば、戦列艦にもふたたび出番がまわってくる。粛清者側に傾いたパワーバランスを動かすことができれば、未来は見えてくるはずだ。

そこまで考えた時、恵一は気がついた。

――ああ、そうか。こうやって、全体の攻守のバランスとか、戦術の選択肢ばかり考えているから、個々のユニットの性能を上げるという部分に目がいかなかったんだよな。

与えられたものに文句を言わず、それを用いて最大の効果をあげようとするという視点は美徳かもしれないけど、太平洋戦争当時の日本海軍が最後まで零式戦闘機を生産し続けた、というのに通じる部分……イノベーションは難しい、ということなのかもしれない。

恵一が、自嘲するような小さいため息をついた……その時。

意識空間と現実空間のブリッジの中に、同時に警報が流れた。

警報！　警報！　太陽系外周部に、重力波異常を感知！

重力波のレベルから見て、転移してくる質量は、

戦列艦を含む百数十隻レベルの艦隊と推定！

「くそ！　待ってはくれないってことか！」

恵一はそう言い残すと、戦闘指揮室の情報端末シートに身を投げ出すように飛びこんだ。

両手をコンソールの上に置くのと同時に、情報が流れこんできた。

――転移推定地点の座標は……想定内のエリアだな。これで、転移してくる粛清者の数が想定の百二十八隻以内ならば、サーチー星系軍艦隊とわれわれ地球軍艦隊で対応できる。ウルム星系軍艦隊とインブレス星系軍艦隊は後詰めだ。

恵一はすばやく思念をレキシムに送った。

即座に思念が返ってくる。

『了解しました。転移質量がさらに増大する兆しがあれば、即座にこちらから増援を送ります』

『粛清者の転移数が想定どおりなら、二艦隊千六百隻で、充分押さえこめると思いますが、粛清者が倍数パターンをいつまで続けるのかわかりません。わたしはこれより迎撃艦隊の指揮を執ります。後詰めと増援艦隊の投入判断はおまかせします。よろしくお願いします』

『了解しました。ご武運を！』

レキシムとの思念通話を終えるのと同時に、恵一は、隷下《れいか》の途上種族艦隊の艦隊司令に出撃命令を発した。

『太陽系防衛軍途上種族連合艦隊司令長官アリサカ少将より、各途上種族艦隊司令に告ぐ！　敵艦転移の報に接し、各艦隊に対し出動を命ず！　地球軍独立艦隊及びサーチー星系軍艦隊は、共に突撃陣形を保ち、敵転移予測地点に急行し、接敵と同時にこれを撃滅。ウルム星系軍艦隊及びリーバイ星系軍艦隊は、攻撃にあたる二艦隊の後方に位置し、臨戦態勢で待機。敵の転移が継続した場合は、即座に対応し、戦列に加わるべし！』

その命令とともに、途上種族連合艦隊は突撃隊形を組み、粛清者の転移予測座標に向かって最大戦速で加速し始めた。

地球軍独立艦隊の編制は、大口径ビーム砲を備えた戦艦と、高質量実態弾を射出できる遠距離砲撃用レールガンを備えた砲撃特化型重巡航艦を含む戦列艦百二十隻。多数の光子魚雷を同時発射できる重雷装特化型軽巡航艦百六十隻。速度と機動力に優れ、光子魚雷を備えた駆逐艦三百二十隻。そして機動戦闘母艦二隻となっており、ほかの途上種族艦隊も、艦種によって多少の増減はあるものの、ほぼ同じような編制になっている。

円錐形の突撃陣形の先頭と円錐の表面にあたる部分には、軽巡航艦や駆逐艦といった雷撃艦隊が並び、その内側に戦列艦と機動戦闘艇母艦が配置されている。

以前は、先頭と円錐形陣の表面に当たる位置には戦列艦が配置され、遠距離からビーム砲を発射して敵のシールドを撃破し、円錐形陣の内側に配置されていた雷撃艦隊が突撃し肉薄して、射程距離は短いが破壊力の高い光子魚雷を叩きこむ、という戦法だったが、戦列艦の遠距離ビームが通用しない状況下では、光子魚雷と、砲撃特化型重巡航艦の高質量レールガンから発射される亜光速実体弾だけしか使えない。

そこで恵一は、戦列艦の遠距離ビームの代わりに、転移してくる粛清者の艦が実体化するのと同時に命中するように、遠距離から高質量レールガンで実体弾を発射し、最初に転移してきた敵艦を物理的に破壊し、敵艦隊が迎撃態勢を整える前に、肉薄した雷撃艦隊が後続する艦に対し光子魚雷の波状攻撃を仕掛け、実体化の水ぎわで敵艦隊を殲滅《せんめつ》する、という作戦を立てた。

ロングレンジセンサーのオペレーターから、刻々と転移座標上で実体化する質量のレベルが送られてくる。

いつ敵艦が実体化するのか、実体化した瞬間に、実体弾が目標に到達するようにそのタイミングを読まねばならない。

『高質量レールガン、全砲門励起《れいき》終了！　長距離射撃準備完了！』

あがってくる報告に対し、射撃統制官であるタフィ・ターバント中佐が細かく指示を与える。

『サーチー星系軍艦隊と地球軍艦隊の砲撃特化型重巡航艦艦隊は統一して統制射撃を行ないます！　各艦隊一番艦より五番艦は全主砲を同時発射。六番艦から十六番艦までは、〇

・○○一秒のタイムラグをつけて段階的に発射。敵艦へのダメージを確認後に、統制を解く！』

恵一は砲術担当のタフィに、若干のタイムラグを持たせるように指示していた。もし、最初の一撃がはずれても、どれかが命中すればいい。たとえ敵に与えるダメージが少なくなっても、初動艦に損害を与えれば、そのあとに続く雷撃艦隊と、機動戦闘艇の光子魚雷攻撃への重圧が軽減できると考えたからだ。

転移座標上で実体化する質量のレベルが、推定値に達したその瞬間。

『高質量レールガン発射！　統制射撃開始！』

タフィの思念が飛んだ。

突撃陣形の先頭に並んだ砲撃特化型重巡航艦の艦体の側面に伸びるレールガンが、紫色の燐光を発し、たて続けに実体弾を発射し始めた。

『初弾が着弾するまで、あと二分三十秒！』

戦術支援ＡＩから報告を受けた恵一は、重雷装特化型軽巡航艦と駆逐艦によって編制された雷撃艦隊の司令と、機動戦闘艇母艦に対し、短く命令を発した。

『雷撃艦隊、突撃開始！　機動戦闘艇発進！』

円錐形の陣形を組んでいた艦隊から、重巡航艦を旗艦とした軽巡航艦三隻と駆逐艦五隻で編制された雷撃艦隊がいっせいに分離して、転移座標に向かって突撃を開始した。

それと同時に、円錐形陣の中に位置していた円筒形の機動戦闘艇母艦の外周をぐるりと取り巻くように設置されている十二基のリニアカタパルトから、機動戦闘艇が同時に射出され始めた。

射出された十二機の機動戦闘艇は、母艦から射出された状態のリング状の編隊のまま、加速して、円錐陣形の外に出た。

すべての機動戦闘艇が発進し終わったのを見た、地球軍独立艦隊の機動戦闘艇部隊の総指揮官であるリー大佐が、パイロットたちに思念を飛ばす。

『機動戦闘艇部隊指揮官より各パイロットに告げる。おまえらが乗っている新型の機動戦闘艇は、今までのものとは別物で、機体の特性が大きく違う。メインエンジンの出力は、ちょっとした哨戒艇並みで、機体剛性、慣性吸収装置の容量、そして対艦攻撃能力も段違いだ。シミュレーションで行なった訓練を思い出しながら、新型機の特性に一刻も早く慣れろ！　こんどの機体は頑丈だ、少々無理をしても期待どおりに飛んでくれる！　機体に依存するな。機体を積極的に使っていけ！　常に攻撃的に《アグレッシヴ》！　それが生き延びる秘訣だと自分の意識に叩きこむんだ！　おれたちの任務は、実体弾攻撃及び光子魚雷攻撃が撃ち漏らした敵の掃討だ！　敵側の機動戦闘艇はおそらく出てこないだろうが、艦隊には防空型巡航艦が付随しているはずだ。高質量散弾の対空弾幕には充分留意しろ！　行くぞ！』

一小隊十二機の機動戦闘艇は、リング状の編隊を解き、矩形《くけい》に組み替えると、粛清者の転移座標に向かっていっきに加速を開始した。

第一小隊長であるウィリアムの意識の中に、エミリーの思念が飛びこんできたのは、その時だった。

『ウィル！　聞いてる？　小隊の編隊を組みなおすわよ！　あんたは六番機の位置に行って！』

『編隊を？　なんで？　隊長機は、編隊の中心に……』

抗議しようとしたウィリアムの思念に、かぶせるようにエミリーが応えた。

『そうよ、防空艦が対空砲で狙うのも、編隊の真ん中よ！　矩形編隊の一番後ろは、機動戦闘艇どうしの空中戦で一番狙われやすい場所だけど、敵が機動戦闘艇を投入する可能性は低いって、リー大隊長が言ったじゃない！　だからよ！』

『でも、そんな理由で……』

『あーもう！　理由を言ってあげようか？　どんくさウィルは鈍いから、敵の弾幕を避けられないだろうってこと！　あんたが最初に吹っ飛ばされたら、この小隊を誰がまとめるのよ！　〝隊長は一番危険な場所にいて部下を守るもの〟なんて考えは捨てなさい！　そういうのは、それができる人間がやることなの。できない人間は後ろに下がって、見ていればいいのよ！』

『でも……』

『あんたが大好きなアリサカ少将が言ってるでしょ？　自分のことを客観的に見ることができる人間だけが生き残れるって！　客観的に見てどうよ？』

ウィリアムとエミリーのやり取りに、リーが割りこんできた。

『リーだ。エミリーはいつもむちゃなことを言ってくるが、今回に関しては結構まともなことを言っているぞ。大隊長から各中隊長へ。指揮下にある編隊の、小隊長機の位置を変更し、敵の弾幕からはずれるように配慮しろ。それと、大事なことを言い忘れていた……無理をするな。あと少しで光子魚雷を確実に命中させることができる！　などと考えてまっすぐに飛ぶんじゃない！　直線移動する鷹は家鴨《アヒル》と変わらない。無理だと思ったらさっさと諦めて、射点を離脱し、次の機会を狙え。戦いは続くんだ。転移してくる粛清者はこの先、確実に増え続けるだろう。おれたち一人一人が重要な戦力だ！　こんな緒戦で磨り潰されるわけにはいかないんだからな！　わかったな！』

リーのメッセージに、機動戦闘艇の小隊長たちが了解の思念を返したその時。

転移座標の宇宙空間に生じていた無数の揺らぎの中から、百二十八隻の粛清者の戦闘艦が実体化した。まさにその瞬間に、砲撃特化型重巡航艦が発射した高質量実体弾が、粛清者の転移座標に到達した。

実体弾は、その名のとおり、高質量の物質の塊である。光子魚雷のように反応したり、炸薬の詰まった砲弾のように爆発することはない。いわば、石をぶつけているようなものである。だがこの石は、劣化ウランの数百倍の質量を持ち、亜光速で飛来するのだ。その物理的エネルギーの総量は、戦列艦の主砲ビームの直撃をも凌駕《りょうが》する。そして高エネルギー粒子を防ぐ耐ビームコーティングでは、実体弾を防ぐことは不可能である。

最初の二十五発は、座標点中央で実体化した粛清者の重巡航艦と、随伴する防空型巡航艦に直撃した。

恵一の光学モニターに映っている、銀色の耐ビームコーティングに覆われた粛清者の艦体に、黒い点がポツポツ、と浮かんだように見えた……次の瞬間、その艦は光の球に変わった。そして座標点の周囲に実体化した軽巡航艦や、駆逐艦、そしてひとまわり大きい、機動戦闘艇母艦と思われる艦も、次々に破壊されていく。小型艦は爆発したが、大型の戦列艦や機動戦闘艇母艦は、爆発を免れたものも多かった。

『実体弾の命中率三十三パーセント。敵の戦闘力は、ほぼ壊滅に近いものと思われます』

戦術支援ＡＩの報告を聞いた恵一は、雷撃艦隊に攻撃を命じた。

『雷撃艦隊、攻撃開始！　敵が混乱から立ちなおる前に、光子魚雷を叩きこめ！』

旗艦である重巡航艦を先頭に、単縦陣を組んだ雷撃艦隊の群れがいっきに加速して接近し始めるのと同時に、高質量実体弾の攻撃を受けた粛清者艦隊の中に存在していた無傷の艦が、いっせいに主砲を発射する姿がモニターに映った。

転移してきた粛清者の艦隊は、相互に連携して防御できる陣形を取るために位置を変えながら、主砲のビームを連射し始めた。

だが、途上種族連合艦隊からは一発のビームも発射されなかった。耐ビームコーティングをほどこされた粛清者艦に、こちらの主砲は効果がないことがわかっていたからだ。

約三十秒のあいだ、光子魚雷の射程距離まで接近する途上種族連合艦隊の雷撃艦隊は、一方的に撃たれまくった。

粛清者側から放たれるビームの多くは駆逐艦や軽巡航艦の主砲を示す細いビームだったが、中には、重巡航艦以上の戦列艦のビームもいくつか混じっている。

粛清者のビームは急速に接近しつつある途上種族側の雷撃艦隊に浴びせかけられた。だが、雷撃艦隊の先頭を行く旗艦である重巡航艦が全面に展帳したビーム吸収シールドに命中して、その場で無力化されていく。

光子魚雷を持たない重巡航艦を旗艦として雷撃艦隊に組みこんだ理由は、その強力な防御シールドにあった。単縦陣を組み、一本の棒のような形で接近する雷撃艦隊の先頭に強力なシールドを展帳することで、後続する軽巡航艦や駆逐艦を守っているのだ。

だが、雷撃地点にとりつこうとしていたひとつの雷撃艦隊の先頭を行く重巡航艦に、敵の戦列艦のビームが直撃した。いかに重巡航艦のシールドであっても、戦列艦の主砲ビームを近距離から受け止め、無力化することはできなかったのだろう。重巡航艦のシールドは虹色にきらめくスペクトルと化したエネルギー吸収力場の破片《スプリンター》を散らして砕け散った。

シールドを失って無防備になった重巡航艦の艦体外殻に、オレンジ色の火花のようなものが散るのが見えた。それは粛清者の駆逐艦の主砲である小口径ビームが直撃した瞬間だった。

『重巡航艦ウォーレンズより損傷報告！　ダメージ判定はイエロー。戦線を離脱する許可を求めています！』

戦術支援AIから報告を受けた恵一は、即座に部下の全員に思念を発した。

『戦線離脱を認める。艦体に損傷を生じた艦は、戦闘に加わることなく戦場を離脱せよ。戦いはこれで終わるわけではない。戦力を温存し、次の粛清者の来襲に備えることを優先しろ！』

恵一の見ているモニターの中に、イエローで表示された艦名が、流れるように表示されていく。そのほとんどが、軽巡航艦と駆逐艦だった。

――いずれも中破止まりか……こちらもビーム砲撃を加えて敵の砲撃を牽制しないと、一方的に撃たれるだけだ。やはり戦列艦が遊兵になってしまっているのが問題だな。

恵一がそう考えたとき、接近していた雷撃艦隊がいっせいに光子魚雷を放った。無数の白く輝く光点が、中立フィールドが減衰していく白い粒子を宇宙空間に航跡のように残して、敵艦に向かって突き進んでいく。

粛清者の艦隊は、散開することで光子魚雷を避けようとした。しかし、周囲から包みこむように発射された光子魚雷の網から逃れられた艦は、ほんの数隻しかなかった。

転移座標地点に、いくつもの目に見えない閃光がまたたいた。それは対消滅と同時に放たれる放射線の閃光だった。

光子魚雷を発射した雷撃艦隊は、単縦陣のまま、大きく方向を変えて戦場を離脱していく。そして、転移座標空域に残っている数隻の駆逐艦と軽巡航艦に向けて、機動戦闘艇が突っこんでゆく。

残存していた軽巡航艦は防空型だったのだろう、襲いかかる機動戦闘艇に向けて、おびただしい数の対空パルスを発射したが、数機に損傷を与えただけで、機動戦闘艇の光子魚雷を受けて爆沈した。

『転移してきた粛清者艦隊は、完全に殲滅されました。後続して転移してくる艦はありません』

戦術支援ＡＩから報告を受けた恵一は、戦闘に参加しなかった機動戦闘艇部隊に対し、転移座標周辺での滞留警戒を命じ、途上種族連合艦隊に対して撤収を命じた。

戦闘態勢が解かれ、緊急対応ランクが、警報から要警戒に落ちたことを確認した恵一は、シートに身体を預けて、つぶやいた。

「なんとか、終わったな……」

『ほとんどワンサイドゲームだったよね！　おめでとう！』

前に立って、嬉しそうに話しかけてきたロボに、小さく右手をあげて答えたあとで、恵一は大きくため息をついて、苦笑いを浮かべた。

「ワンサイドゲームって言ったって、単純な艦船数でも、こっちは千六百隻、向こうは百二十八隻で、十倍以上の差があるんだから、勝って当たり前さ……とはいえ、航行不能にこそならなかったものの、中破以上の損傷を受けた艦が百隻近いわけで、それを考えたら喜んでいるわけにはいかないよ……」

『でも、沈められた艦がないってことは、誰も死んでいないんでしょ？　だったら喜んでもバチは当たらないと思うよ？』

「確かにそうだけど……まあいいか、問題点を洗い出すきっかけにはなった……」

恵一がそうつぶやいた時、レキシムから通信が入った。

感応端末に手を伸ばすのと同時に、恵一の意識は木星軌道上にある、太陽系防衛軍総司令部のレキシムの私室に立っていた。

『粛清者艦隊の殲滅、おめでとうございます。見事な手ぎわでした』

にっこり笑って出迎えたレキシムに、恵一は小さく頭を下げて礼を言ったあとで、単刀直入に告げた。

『途上種族連合艦隊の、戦列艦の主砲出力パラメーターを変更する権限について、お話があります』

恵一の言葉は、レキシムの予想していたものの中になかったのだろう。レキシムは、目を丸くした。

『は？　パラメーター変更権限？　それは……どういうことですか？』

『今の戦いで実感したのです。粛清者の耐ビームコーティングのために遊兵化してしまった戦列艦を、なんらかの形で戦力化できなければ、われわれは太陽系を守りきれないということに。実体弾と光子魚雷で沈めることのできる敵艦の数にはかぎりがある上に、雷撃艦隊の損傷レベルは予想以上です。このまま粛清者の転移攻撃が倍数で増加していけば、千隻を超えた時点で、防衛艦隊は二割以上の損失を出すでしょう。そしてその損失が回復されないまま、次から次へと波状的に攻めてくる粛清者を迎え撃たねばなりません。敵の数は倍に増え続け、われわれが戦闘に投入できる艦はジリ貧になっていく、という未来しか見えないのです』

レキシムは、しばらく無言で恵一の言葉を聞いていたが、やがて、静かに応えた。

『わかりました。わたしの権限でできることであれば、最大限の便宜をはかります。詳しく教えてください……』

恵一は、力強い口調で説明を始めた。

7　消耗

その警報は、転移してきた百二十八隻の粛清者《しゅくせいしゃ》艦隊を撃退した、わずか十八時間後に鳴り響いた。

警報！　警報！　太陽系外周域に、転移反応を確認！

重力波レベルから推算できる転移質量は、前回とほぼ同じです！

地球軍独立艦隊と共に泊地《ベース》に戻り、睡眠を取っていた恵一の意識の中に、覚醒波が送りこまれ、恵一は無理やり現実世界に引き戻された。

ロボが用意してくれたシャツに着替える最中にも、戦術支援ＡＩが意識の中に、対応可能な部隊のリストを次々に投げこんでくる。

――くそ、思ったより早いな。親衛義勇軍艦隊の増援艦隊が到着していれば、余裕があったんだろうけど、現状では途上種族艦隊だけで迎え撃たなきゃならないってことだな。

地球軍独立艦隊とサーチー星系軍艦隊は、前回の迎撃戦闘の損傷が回復していない。出撃可能艦数は共に八十パーセントか。今回はインブレス星系軍艦隊とウルム星系軍艦隊を迎撃に向け、地球軍とサーチー星系軍は待機させておこう。敵の数は前回の倍だが、千六百隻の艦隊があれば、粛清者の二百五十六隻の艦隊を押さえこむことは容易だろう……。

そこまで考えてから、恵一は、はっと気がついた。

――いや、違う。粛清者の転移質量の推定値が、前回と同じだ！　倍数で増えるという法則は、どうなっているんだ？

いや、その法則は、われわれがそう決めつけているだけで、粛清者がそれに従う保証はどこにもない。いきなり三倍四倍に増える可能性だってあるんだ。

考えてみろ、これで六回目の転移攻撃だ。もしおれが粛清者なら、そろそろなんらかの手を考えるころだ。前回と同じ規模の艦隊を囮《おとり》にして、時間差をつけて倍の数の艦隊を別地点に送りこむ、とか……。

『粛清者の転移個所はひとつか？　ほかに重力波の異常を観測した地点は？』

恵一の質問に、戦術支援ＡＩは簡潔に応えた。

『ありません、一個所のみです』

――考えすぎか？

そう考えたあとで、恵一は小さく首を振った。

――いけない。思考の沼にはまっていく。粛清者は鏡だ。何ひとつわからない相手の行動を想像するとき、そこに見るのは自分だ。そこに、自分の思いどおりに動く敵を作り上げてしまう。選択肢を限定するな。ありとあらゆる可能性を考え、それに対処できる選択肢をいくつも用意しろ。臨機応変というのは、その選択肢の数が多いことを言うんだ。主戦力と予備戦力という考えかたではなく、すべてを主戦力として用いることも考慮しておいたほうがいいだろう。

恵一は、官能端末を通じて、途上種族連合艦隊すべてに出動命令を出した。

『即応待機状態のインブレス星系軍とウルム星系軍の二艦隊は、粛清者の転移座標に先行し、敵の実体化に合わせて実体弾攻撃を行ない、その後、雷撃艦隊による光子魚雷攻撃でこれを殲滅《せんめつ》せよ。第二即応態勢だった地球軍独立艦隊とサーチー星系軍艦隊は、出撃可能な全艦をもって出撃。先行艦隊の攻撃状況を見て、戦闘に加わる。

今回の敵の規模は前回と同じだが、粛清者がなんらかの手段を講じている可能性もある。いつもと同じと考えることなく、警戒心を持って迎撃に当たってくれ』

制服に着替えた恵一が指揮コンソールの前にあるシートにすわるのと同時に、目の前のモニターに、先行するインブレス星系軍艦隊とウルム星系軍艦隊の姿が映し出された。

――インブレス星系軍の指揮官はバーリム准将から、オルック准将という人物に変わっている。上級聖職者だったバーリム准将は、モルダー星系防衛戦で不手際があったということで更迭されたそうだが、果たしてこんどの司令官の指揮官としての能力はどんなものだろう。

ウルム星系軍のライレーン准将みたいに積極的な攻めるタイプではなさそうだけど……。

恵一はそんなことを考えながら、砲術担当のタフィに思念を送った。

『先行する二艦隊の砲撃特化型重巡航艦の高質量レールガンの火力管制指揮を執ってくれ。二艦隊だけでいい。艦隊の位置に差があるから四つの艦隊を統制して射撃するのは難しいだろう』

『やってやれないことはないけど、練度とか艦ごとのクセとかがわかっていないと、タイミングを合わせるのは難しいです。前回のようなどんぴしゃのタイミング、というわけにはいかないかもしれないけれど、努力します』

『よろしく頼む』

タフィに思念を返したあとで、恵一は、コンソールを操作して、インブレス星系軍艦隊司令であるオルック准将の個人データを呼び出しながら、准将に思念を送った。

『レールガンによる高質量実体弾の斉射のあと、雷撃艦隊による雷撃に入りますが、敵は二段階に分けて転移してくる可能性があります。雷撃艦隊は光子魚雷を発射したあとに次発装塡を行なう時間が必要です。機動戦闘艇を発進させて時間を稼ぎますので、機動戦闘艇の発進準備を急がせてください』

『了解しました！』

オルック准将から明確な返答が返ってきた。

恵一のモニターには、若者と言うには少し歳を食った、三十代くらいの男が映っていた。

――以前の指揮官であるバーリム准将よりは若そうだな。あのバーリム准将は、なんというか、艦隊司令官というよりも教会の神父が似合いそうな、すべてを宗教的価値観に当てはめて考えるべきだ、という教条主義者だったけど。この人は、そうでもなさそうだ。

恵一がそんなことを考えていると、オルック准将が聞いてきた。

『敵が二段階に分けて転移してくるというのは、間違いないのですか？』

『いえ、その可能性があると判断しただけです。粛清者は今まで倍数で転移してきました。しかし、今回の転移座標で観測されている重力波のレベルは、前回と同じです。もし倍数の法則を踏襲するのなら、もう一回転移してくる可能性が大きいと判断したわけです』

『なるほど……戦術支援AIが、そう指示をしたわけではないのですね』

『AIは可能性を含めた選択肢を示すだけです。この場合はこうなる可能性が大きい、この場合はこうなる可能性が少ない、というふうに。しかし、実際には、可能性が少ないほうが起きることもあります。セオリーというのは、過去の出来事をもとにして創りだされたものです。指針にはなりますが、未来の完全な予測ではありません。ですが、何が正しかった世の中には、正しい答えというものがあるのかもしれません。

のかは最後までわかりません。すべてが終わったあとでわかるのは、その決断が間違いだったのか、そうではなかったのか、という結果だけです。選択する時、すべては未知数です。確実なものは何ひとつありません。それでも選択し、部下に命令を下さねばならない。それが指揮官です』

オルック准将は、小さくため息をついた。

『それは……重圧ですね。前任者のバーリム准将が、神の名を盾にすべての決断から逃げようとした理由がよくわかります』

『単に誰かの指示を受けて、そのとおりに動くだけでいいのなら、考える範囲は少なくてすみます。どのような結果になろうとも、その責任は指示を下した人間に押しつければいいのですから、気苦労もありません。しかし、自分の力でよりよい未来をつかもうと思えば、より多くのことを考えるしかありません……こう言うのは簡単ですけどね』

『ご教示ありがとうございます。考えることの大事さは教導者から教わってきたはずですが、いざ自分のこととなるとなかなかうまくいきません。しかし、少しでも学習して、よりよい未来に繋げたいと願っております』

『まもなく遠距離実体弾の統制射撃が始まります。雷撃艦隊の出撃準備をよろしくお願いします』

『了解しました！』

オルック准将との思念通話が終わるのと同時に、実体弾射撃統制官を命じられた砲術担当のタフィの思念が飛びこんできた。

『インブレス星系軍艦隊及びウルム星系軍艦隊所属の砲撃特化型重巡航艦各艦は、砲撃統制リンク接続の最終確認を行なえ！　方角、発射間隔は、すべてこちらで入力する！　レールガン励起《れいき》！　高質量実体弾発射用意！』

恵一の見ているモニターの中に映し出される敵艦隊の実体化質量の数値は、流れるように上がっていく。その数値の、どのタイミングで実体弾を発射するのか、それはタフィの卓越した砲術センスが決めることであり、恵一は遠距離砲撃に関する権限をすべてタフィに預けてある。

モニターに映った転移質量の数値が、ある数値を過ぎたとき、タフィは短く思念を発した。

『斉射……用意！』

その予令の、きっかり一秒後。

『斉射！』

タフィの命令とともに、インブレス星系軍艦隊とウルム星系軍艦隊の砲撃特化型重巡航艦のレールガンが帯電する紫色の燐光で浮かび上がった。

『二番、三番、発射！　以後、偏差をかけて連続斉射！』

レールガンから実体弾が発射されるたびに、紫色の燐光が、何度もまたたいた。

『高質量実体弾、発射シークエンス終了！　全弾異常なく発射されました。目標に着弾するのは一分四十二秒後です』

戦術支援AIの報告を受けた恵一は、先行するインブレス星系軍艦隊とウルム星系軍艦隊に対し雷撃艦隊の突撃を命じた。

重巡航艦を先頭にして単縦陣を組んだ雷撃艦隊が円錐形陣の中から無数の糸のように突出していく姿を見ながら、恵一は、後方から第二陣として転移座標に向かっている地球軍独立艦隊の各指揮官と、サーチー星系軍艦隊司令であるアスペク准将に思念を飛ばした。

『ここまでは前回の迎撃と同じパターンだが、このまま前回同様に推移するとは思えない。粛清者は、なんらかの行動に出る可能性が大きい。もし別地点に転移があった場合でも即応できるように、雷撃艦隊を陣形前面に出し、先行艦隊と距離を取る！』

恵一の指示を聞いたアスペク准将が思念を返した。

『地球軍独立艦隊と、わがサーチー星系軍艦隊の距離も開けたほうがよろしいのではないでしょうか？　粛清者の転移個所はひとつとはかぎりません』

『いや、今回の粛清者は倍数のパターンをはずしてきている。過去の五回の転移すべてが全滅させられていることから考えれば、このあたりで大量に転移させてくる可能性もある。一艦隊だけでは大量の粛清者が転移してきた場合に対応できない。二艦隊でひとつの戦闘単位として動いたほうがいい』

『了解しました。言われてみればそのとおりですね。地球軍独立艦隊もわがサーチー星系軍艦隊も修理中の艦があり、定数を満たしていないことを失念しておりました』

『初動の戦いで物を言うのは、結局のところ数ですからね』

恵一が思念を返すのとほぼ同時に、戦術支援AIの報告が入った。

『あと十五秒で高質量実体弾が着弾します』

恵一は目の前のモニターに映る光学センサーの映像に視線を移した。宇宙空間の中に、陽炎のような揺らぎが広がっているのがわかる。強力な重力波により空間に歪みが生じているのだ。

モニターに移る揺らぐ宇宙空間の下には、着弾までのカウントダウンを告げる数字が表示されていた。数字は流れるように減っていく。

そして、ついに三秒を切った。

それを見ていた恵一の意識の中に、疑問が走った。

――おかしいぞ？　通常の転移ならば、残り数秒で、この揺らぎの中に戦艦の姿が浮かび上がってくるはずだ。なのに、何も浮かんでこない。

恵一はすばやく、実体化しつつある質量を示す数値を見た。数値は確実に上昇しており、間違いなく、当初に推算された数値に近づきつつある。だが、光学モニターに敵艦の姿はない。

――あの座標に、何かが転移してきているのは間違いない。だがそれは、敵の艦隊ではない。百二十八隻に及ぶ艦隊に等しい質量を持った、何かだ！

『着弾します！』

その報告と共に光学モニターに映し出されたのは、打ちこまれた高質量実体弾が、宇宙空間の中に飲みこまれるように消えていく光景だった。

――反物質か？　いや違う。あれには質量がある！　ブラックホールでも次元断層でもない！　あそこにあるのは……ニュートロニウムの高質量散弾の塊だ！

質量センサーの数値を可視化した映像の中に、高質量の物体を示すオレンジ色の球が、ものすごい勢いで広がりつつあった。

恵一は意識空間に向かって叫んだ。

『雷撃中止！　インブレス星系軍艦隊及びウルム星系軍艦隊の雷撃艦隊は、反転、退避しろ！　機動戦闘艇は発進中止！　母艦とともに退避！　あの球に突っこむな！　助からないぞ！』

雷撃のために、突撃を開始していた雷撃艦隊が、次々に方向を変えていく。

可視化した重力センサーの映像は、宇宙空間に開く花火のようなものが映っていた。球形に広がる花火の星ひとつひとつが、ニュートロニウムの高質量散弾だった。

戦術支援AIが報告する。

『敵の高質量散弾の中心部分に転移反応が生じました。推定質量は前回の二倍です』

『中心部に転移だと？』

恵一は、可視化された映像が投影されているモニターを見た。そこには打ち上げ花火のように広がっていく球の中心部に、重力波の歪みを示す青い揺らぎが映っていた。

――屋内捜索をする時に、敵が潜んでいると思われる部屋に入る前に、ドアに隙間から破片手榴弾《フラググレネード》を投げこんで爆発させ、室内の敵を制圧してから部屋に入る、というテクニックがある。粛清者がやったのは、それと同じことだ。

もし、タフィの実体弾による長距離砲撃がなければ、雷撃艦隊は、光子魚雷の射程内まで近づいていたはずだ。そこにあの高質量散弾を食らえば、逃げることはできなかっただろう。

先行するインブレス星系軍艦隊とウルム星系軍艦隊の陣形は、退避行動によって完全に混乱しており、迎撃態勢を取るにはしばらく時間がかかりそうだった。

恵一は後続する地球軍独立艦隊とサーチー星系軍艦隊に命令を発した。

『先行艦隊に代わって、われわれが転移してくる敵を叩く！　タフィ！　遠距離実体弾の発射は可能か？』

『発射可能！　ですが、周囲に拡散中の散弾に遮られるため、命中率はかなり低下するものと思われます』

タフィと恵一の思念のやり取りに、バーツが割りこんだ。

『粛清者の散弾は、戦列艦がなんとかする！　散弾なら主砲のビームで消し飛ばせる！』

『そうか、敵艦には無効だが、散弾なら効果が見こめる！』

恵一は、ただちに地球軍独立艦隊と、サーチー星系軍艦隊の戦列艦艦隊の指揮官に命令を発した。

『戦列艦艦隊は、拡散中の敵の散弾に向けて主砲発射！　実体弾と、雷撃艦隊の道を開け！』

その命令を発して二秒後。戦列艦から無数のビームが放たれた。

ビームの先で、無数の白い光点が見えた。それは高エネルギーのビームを浴びてガス化していく高質量散弾の反応だった。恵一は、実体化していく質量カウンターの数字を見ていた。

――今から撃った実体弾は、転移してきた敵艦隊が実体化するその瞬間に着弾させることはできない。今回は敵に反撃させる間《ま》を与えない、というやりかたは使えない。雷撃艦隊は、敵の反撃を受ける可能性が高い。しかし、ほかに手はない。

――〝戦いに犠牲はつきもの〟という言葉は、言いわけでも、おためごかしでもない。単なる事実だ。損害が発生することがわかっていても、それをやらねばならない時があるという冷徹な事実なんだ。

　恵一は、雷撃艦隊の指揮官に、思念を発した。

『雷撃艦隊の諸君らが光子魚雷の射点に取りついた時、敵はすでに実体化を終え、迎撃態勢を取っている。今までの戦いとは比べ物にならない弾幕が諸君らを襲うだろう。だが、ここで敵を沈めることができるのはわれわれだけなのだ！　雷撃艦隊、突撃開始！』

　その恵一の命令とともに、地球軍独立艦隊第二雷撃艦隊の旗艦である重巡航艦カリーニンの艦長兼艦隊司令であるゾーヤ中佐は、自分が率いる艦隊の艦長に向かって思念を飛ばした。

『全艦全速前進！　シールドを最大出力で展開しろ！　駆逐艦たちは、ぴったりあたしの後ろについてきな！　はみ出たりしたら、敵のビームをブチこまれて一巻の終わりだよ！　さあ、急げ急げ《ダワィダワィ》！』

　第二雷撃艦隊の四番艦である駆逐艦アケボノの艦長である依田《よだ》は、そのゾーヤ中佐の思念を受けて思った。

　――ゾーヤ教官は、今はまだ若いから頼りになる姉御って感じだけど、将来はロシアの肝っ玉母さんみたいな体型になりそうだな。

『ヨダ！　教官って呼ぶなって言ってるだろ？　それと、よけいなこと考えてないで、光子魚雷の発射ポイントまでの距離をしっかり見てな！』

――いけね、思考フィルターのレベル下げたままだった……考えていたこと、だだ漏れだ。

依田は、あわててフィルターのレベルをひとつ上げて、明確な意思を持った思念だけを伝えるようにセットしなおした。

『あんたの曾祖父《ひいじい》さんも、アケボノって駆逐艦に乗っていたんだろ？　ご先祖さまに恥ずかしくない戦いをしなくちゃね！』

『あ、いえ、その〝ヨダ〟って人は、字が違う余田さんです。同じ日本人で〝ヨダ〟と発音しますけど、親戚でもなんでもないし、ましてや曾祖父さんじゃありません！』

『細かいことは気にすんな。日本人で名前がヨダで、同じアケボノの艦長だ。ほら、どんぴしゃりじゃないか、はっはっはっは！』

何かツボにはまったのだろう、ゾーヤ中佐はおもしろそうに笑った。

――ロシアの人のおもしろがるツボがよくわかんないけど。まあいいや。教官……じゃなかった、中佐が笑ってくれたおかげで、なんだか緊張がほぐれたみたいだ。

依田は、そんなことを考えながら、自分が乗っている駆逐艦アケボノの火器管制システムを確認した。

アケボノは、モルダー戦役の戦訓をもとに改装が行なわれた最新型の駆逐艦だ。耐ビームコーティングをほどこした粛清者の艦に対しては無力な主砲を削減し、その代わりに、機動戦闘艇迎撃用の対空パルスレーザー砲の砲塔と光子魚雷発射管を増備している。

依田は、さっきゾーヤ中佐に言われた余田という苗字の日本人の軍人のことを思い出していた。

その人は太平洋戦争当時の海軍の軍人で、階級は少佐だった。日本帝国海軍の〝曙《あけぼの》〟という名前の駆逐艦の艦長だった人だ。

おれが適性選抜を受けて宇宙軍士官学校に入学したとき、教場担当教官となったゾーヤが、おれが日本人だと知って、その軍人を知っているか？　と聞いてくるまで、そんな人がいたことすら知らなかった。

――ゾーヤ教官とおれたちが士官学校を卒業して、地球軍独立艦隊に乗りこむ時、あの人は重巡航艦カリーニンの艦長になって、おれが乗りこむ駆逐艦を〝アケボノ〟って名づけたんだよな。なんでも、〝曙〟の艦長だった余田という人は、〝曙〟が沈んだあとも、こんどは〝欅《けやき》〟という名前の駆逐艦の艦長になって、日本が戦争に負ける時まで駆逐艦の艦長でありつづけた人だから縁起がいい、とかなんとか言っていたけど。あの人の先祖はロシア海軍の将校で、日本海海戦にも加わっていたらしい。宇宙軍士官学校に来る前は、地球連邦軍の海洋軍警察の士官として黒海で哨戒艇に乗っていた人だから、そういうのに人一倍こだわりがあるんだろう。

依田の意識の中に、戦列艦のビーム砲によって粛清者の高質量散弾が気化していく映像が、感応端末から流れこんできた。

『戦列艦が、こっちが撃った実体弾が抜ける穴を作ってくれたけど、着弾するのは粛清者の艦隊が実体化したあとだね。向こうもこっちの実体弾を迎撃にかかるから、ビームの嵐が吹き荒れそうだ。あたしはあんたらの盾になって最後までつきあってやるから、ガッツリ魚雷を食らわしてやんな！』

ゾーヤ中佐の言葉が終わるのとほぼ同時に、光学モニターの中心にあった空間の揺らぎの中から、粛清者の艦隊が姿を現わした。

――結構な数だな。前回の転移数の二倍という倍数の法則どおりだ。

依田が最初に思ったのは、それだった。

『実体弾、二秒後に着弾します』

戦術支援ＡＩの報告と同時に、実体化を完了した粛清者の艦隊から、いっせいにビーム砲が放たれ、そのビームの帯の中にいくつもの閃光が見えた。それは、着弾寸前にビームによって破壊された実体弾の輝きだった。

『着弾、今！』

戦術支援ＡＩの報告とともに、転移を終えた粛清者艦隊の中にいくつか閃光がまたたいた。だが、その数は前回に比べると、明らかに少なかった。

そして粛清者艦隊のビームは、光子魚雷の射程距離まで接近しつつある地球軍独立艦隊と、サーチー星系軍艦隊の雷撃艦隊に向けられた。

突進する第二雷撃艦隊の周囲が、白く輝く帯で埋まり、駆逐艦の艦体を覆っているシールドが、ビームの輻射熱で薄赤く輝き始めた。

それは、駆逐艦アケボノの周囲に注ぎこまれるエネルギーの総量が、至近弾並みの量に達していることの証明だった。

『くそ！　宇宙空間が煮えたぎってやがる！』

アケボノの後方に続く駆逐艦タンガロイの艦長がつぶやいた言葉を聞いて、依田は思わずうなずいた。

――違いない。シールドの外を、熱エネルギーに換算すれば一万数千度に達するエネルギー粒子が、絶えまなく飛び過ぎているんだ。もしたて続けに直撃を食らえば、貧弱な駆逐艦のシールドでは十秒も持たずに過負荷を起こし、崩壊するだろう。

雷撃艦隊の先頭を行く旗艦カリーニンの前面に展帳したシールドには、ビームの直撃を食らうたびに、青、緑、黄色、とめまぐるしく色を変える波紋が生じている。

そのほとんどは、敵の駆逐艦や軽巡航艦の小口径ビームだが、ときおり、激しい光と共に、暗赤色に変化する。それは重巡航艦クラスの主砲の直撃を受けた防御シールドが過負荷に追いこまれたことを意味していた。

『くそ！　こいつはたった二百五十六隻のビーム弾幕じゃねえぞ！』

『完全に狙い撃ちされているじゃねえか！』

雷撃艦隊の僚艦の艦長の叫びが聞こえてくる。

依田は、目の前のモニターに三次元投影されている状況図を見た。

粛清者が艦隊を転移させる前に通常空間に打ちこんで爆発させた高質量散弾の防御弾幕は、球状になって広がった。地球軍独立艦隊とサーチー星系軍はその球状の防御弾幕の数個所に戦列艦のビームを撃ちこんで穴を開け、そこから長距離実体弾を撃ちこんだ。そして、雷撃艦隊もまた、その穴を通って粛清者艦隊に接近をはかっている。

防御弾幕に空いた穴は、われわれにとっての突破口であるのと同時に、敵から見れば格好の迎撃ポイントでもある。

――粛清者は、その穴に向けて撃つだけでいい。目標が勝手にその穴に飛びこんできてくれる、というわけか。

戦術支援ＡＩが、依田の意識の中に、光子魚雷発射地点までの距離と、そこに到達するまでの推定時間を送りこんできた。

『光子魚雷発射ポイント到達まで、所要四十七秒。四十六秒、四十五秒……』

すぐ横を進んでいた第三雷撃艦隊の先頭を進んでいた旗艦である重巡航艦のシールドが、赤黒く変色した、次の瞬間、きらめくようなスペクトルを残して、崩壊した。

――過負荷だ！　ジェネレーターが回復するまで、あの重巡航艦の艦体は剝き出しになる！　小口径ビームなら装甲で食いとめられるけど、大口径ビームを食らったら終わりだ！　当たるな！　避けろ！

依田がそう願った次の瞬間、第三雷撃艦隊の旗艦の正面に青白い光の棒が命中した。

依田が見ていた光学映像モニターが減光し、光量が回復するまで、〇・一秒もかからなかった。だがその間《かん》に、第三艦隊の旗艦は単なる光の球体に変貌し、後落していった。

――沈んだ！

だが、先頭を行く旗艦を失っても、第三雷撃艦隊は並進したまま突進を続けている。

旗艦の重巡航艦が失われても、雷撃艦隊の指揮は後続する軽巡航艦に引き継がれ、戦闘は続行される。

依田の見ている前で、旗艦のあとに続いていた軽巡航艦が、一瞬にして光の球になった。

敵の戦列艦の主砲の直撃を食らったのだろう、シールドが崩壊する間《ま》もなかった。

第三雷撃艦隊は、後続していた軽巡航艦を先頭にして突進を続けていた。

依田の脳内に、戦術支援ＡＩが流しこんでくるタイムカウンターは、やっと三十秒台に入ったところだった。

――おれが時間を確認して、まだ十五秒しか過ぎていないのか！　この十五秒のあいだに、おれたちはいったい何隻の艦を、仲間を失ったんだ？　これからの三十秒で、どれほどの艦と仲間を失うんだ？

いや、そんなことはわからない。このおれだって、失われるものの中にいるかもしれないんだ！

　おびただしい数の犠牲を出しつつ、雷撃艦隊は突進していた。粛清者に対し主砲のビーム攻撃が無効である今、敵艦を沈めることができるのは、雷撃艦隊と機動戦闘艇の放つ光子魚雷だけなのだ。

　艦と、そして、みずからを犠牲にしつつ、その任を果たそうとしている雷撃艦隊を見ていたバーッがやりきれないように叫んだ。

『恵一！　なんとかできないのか！　おれたち戦列艦は、見ているだけか？　この主砲はなんのためだ！』

『効果があるかどうかわからないが……パラメーターを変更し出力を増すことで、粛清者の耐ビームコーティングを無力化するという方法が有効かどうか確認してみたい。艦隊にあるすべての戦列艦の主砲の斉射を、粛清者の戦列艦の一隻だけに集中して撃ちこんでみてくれ。もし仮説が正しければ、粛清者の耐ビームコーティングは、その斉射のエネルギーを吸収しきれずに過負荷を起こすはずだ』

『よし、わかった！　やってみる。というかやらない理由がない！』

　バーッは、感応端末を全艦隊にリンクして思念を投げた。

『戦列艦艦隊に告ぐ！　こちらは戦列艦艦隊総指揮官バーッ・ホレックだ！　これから、

おれが選択した目標に向けて、最大出力でビームを撃ちこめ！　艦隊全艦の主砲を敵戦列艦の中のただ一隻に向け、全エネルギーをぶちこむんだ！　耐ビームコーティングを過負荷に追いこめれば、勝ち目はある！』

打ち返すように、戦列艦の艦長たちの思念が返ってきた。

『了解！　全エネルギーを叩きこんでやります！』

『主砲を遊ばせていたんじゃ、雷撃艦隊の連中に申しわけが立たねえからな！』

『リミッター吹っ飛ばすくらいのエネルギーをね！』

地球軍独立艦隊の戦列艦艦隊と同時に、サーチー星系軍艦隊の戦列艦艦隊も、粛清者の主力艦に対し主砲を発射した。

雷撃艦隊に向かって、横殴りの雨のように浴びせかけられていた粛清者のビームの群れに、向かって反対から撃ちこまれたビームは、ビームというよりは一本の太い光の丸太のように見えた。

『なんだよ、あれ！　あんなビームを撃てる兵器があったのか？』

『とんでもねえサイズのビームだったぞ！』

雷撃艦隊から驚きの声が上がった。そしてその驚きは、歓声へと変わった。すべての戦列艦から主砲を打ちこまれた粛清者の戦列艦の銀色の艦体に、明らかに異変が生じたのだ。のっぺりとした、シームレスのようなコーティングがほどこされた艦体全体が、一瞬ふわっと広がり、ピントがはずれたかのようにぼやけたのだ。

そして次の瞬間、銀色の耐ビームコーティングが、細かく剝がれ落ち始めた。いや、正確に言うならば剝がれ落ちたのではなく、モザイク状になって消滅し始めた。

『見ろ！　コーティングが剝がれていくぞ！』

『これでもう、アイツは無敵じゃない！　勝てる！　勝てるぞ！』

モザイク状に耐ビームコーティングが失われていく粛清者の戦列艦の鼻先に、ビームが命中するのが見えた。それは砲撃特化型重巡航艦の艦首にある大口径ビームの直撃だった。

粛清者の戦列艦の艦首が白い球体に姿を変えた……と思った次の瞬間、戦列艦は縦に割れるように分解し、そのまま巨大な爆炎に包まれていった。

『やった！　やつらだって無敵じゃないんだ！』

『耐ビームコーティングさえ剝ぎ取れば、あとは普通の艦と同じだ！』

『次だ！　次の戦列艦を狙え！』

興奮する艦長たちの思念を聞きながら、恵一は考えていた。

——確かにこの方法で粛清者の新兵器である耐ビームコーティングを無力化し、戦列艦を沈めることができた。だが、艦隊の全戦列艦の主砲の斉射でなければ、あの耐ビームコーティングを過負荷に追いこめないとしたら、実に非効率だ。沈めることができるというのと、戦いに勝つことができるというのは、イコールではない。現状では、まともに戦えないという事実は変えられない。

恵一の抱いた考えのとおり、粛清者艦隊の攻撃は、ひるまなかった。

たとえ、戦列艦の一隻二隻のコーティングが無力化され、撃沈されても、全体から見れば、それは些細なことにすぎないと割り切っているかのように、ビーム砲撃は続いた。

戦術支援ＡＩが依田の意識の中で読み上げるカウントダウンは、続いていた。

周囲にいる仲間の雷撃艦隊は、どれも満身創痍になりながら飛んでいるが、第二雷撃艦隊は、奇跡的にほとんどダメージを受けずに、敵艦隊に向けて突き進んでいた。

カウントダウンは、ついに十秒を切った。

——行けるか？　いや、行ける！　おれたちは、発射地点までたどりつける！

依田が、自分に、そう言い聞かせたその時、艦隊の先頭に立つ重巡航艦カリーニンのシールドが、まばゆい輝きを残して消滅した。

『ゾーヤ教官！』

『大丈夫ですか！』

『退避してください！　あとはおれたちがやります！』

悲鳴のような思念を送ってきた艦隊の艦長たちに向かって、ゾーヤ中佐は笑いを含んだ思念を返した。

『教官じゃない、中佐と呼べって言っただろ？　まったくおまえらときたら、士官学校の練習生気分が抜けないんだから困ったもんだね。逃げやしないよ、あと五秒だ……おまえらが、ちゃんと光子魚雷をぶっ放すところを見るまで、このままおまえらの盾になってやるよ！　さあ、用意はいい……』

ゾーヤ中佐の思念はそこで途切れ、依田の目の前で、重巡航艦カリーニンは白く輝く球体と化した。

戦列艦の主砲は、防御シールドを失ったカリーニンの艦体外殻に命中し、その場で艦体は一瞬で蒸発し、輝く金属の蒸気となって宇宙空間に拡散し始めた。

突進する第二雷撃艦隊は、かつて重巡航艦カリーニンであった金属蒸気の塊を突き抜けた。

依田は、一瞬、その金属蒸気の雲の中に、かつてゾーヤ教官の一部だった分子が含まれているのかもしれないと思った。そして次の瞬間、依田は首を振った。わかっていたが、わかりたくなかった。

――なぜだ。なぜ死ななきゃならない。ゾーヤ教官がそれを望んでいたとでもいうのか。そんなはずはない。その疑問に応えてくれるヤツはいない。

誰に聞いたって、誰も答えやしない。誰にも答えはない。ただそういうものだ、と諦めるしかない。

意識の中で戦術支援ＡＩが、カウントダウンを続けていた。

依田は思った。

——このカウントダウンが終わるその瞬間に光子魚雷を発射する、それがおれの任務だ。おれがそれをやらなければ、地球は終わる。

それがわかっているから、おれたちは粛清者に向かって突き進む。その先に死が待っている。そんなことは言われなくたってわかってる。誰だって死にたくない。誰も喜んで死んでいくわけじゃない。おれだって死にたくない。でも、何かのために死ぬのなら、おれが死んで誰かの未来が続くなら、意味がある。そう自分に言い聞かせているだけなんだ。

目の前のモニターに表示されたカウントダウンの数字が、流れるように減っていく。あと二秒……一秒……なぜか、時間の進み方が急に遅くなったような気がした。粘性を帯びたような空気の中で、依田の視覚の中で、カウントダウンの数字は０・００に向かってゆっくりと動いていく。

最後の数字が、０に変わった瞬間に、依田は駆逐艦アケボノのすべての発射管から光子魚雷を発射した。重雷装型に改装されたアケボノが装備している光子魚雷の数は百三十発に及ぶ。

旗艦だった重巡航艦カリーニンに後続していた二隻の重雷装特化型軽巡航艦は、一隻あたり二百五十発の光子魚雷を装備しており、残存する駆逐艦四隻を含めた第二雷撃艦隊の放つ光子魚雷の数は千発を超えた。

反物質を包みこんだ中立フィールドの残滓《ざんし》を白く引いて、千を超える魚雷が粛清者の艦隊に向けて突き進む。

光子魚雷はそれだけではなかった。第二雷撃艦隊以外の雷撃艦隊からも、次々と光子魚雷が発射され、宇宙空間に無数の白線が伸びていく。

粛清者艦隊は、退避行動を取らなかった。というよりも、取れなかった。光子魚雷は、もう一個所、別の角度からも発射されていたからだ。それはサーチー星系軍艦隊の雷撃艦隊から発射された光子魚雷の群れだった。粛清者艦隊はその場から動かず。ただひたすらに主砲を撃ちまくった。それは、自分たちが沈むまで、一隻でも多くの人類側の艦を沈めてやるという明確な意思を持った行動だった。

粛清者の最後の砲撃は、光子魚雷を発射して戦場を離脱しようとした第二雷撃艦隊の縦列の側面に命中した。

駆逐艦アケボノの防御シールドが白く輝くのと、警報が鳴り響くのと、コンソールのモニターにいくつもの赤い危険表示と〈緊急脱出〉の文字が浮かぶのは同時だった。

依田は、緊急脱出装置に手を伸ばしたが、それより早く視界の中にあるものすべてが光の中に消えていった。

——くそ！　やられた！

意識空間の中に、依田の思念だけを残し、駆逐艦アケボノは爆沈した。

金属蒸気と化したアケボノの艦体が宇宙空間に拡散し始めたころ。

光子魚雷の直撃を受けた粛清者艦隊は、宇宙空間におびただしい量の放射線を残し、対消滅を起こして細かな破片《デブリ》と化した。

恵一の見ている光学モニターの中に、動くものはなかった。

『粛清者艦隊、消滅しました。現在までのところ、後続して転移してくる徴候を示す重力波の異常は覚知できません』

淡々と報告する戦術支援AIの思念を聞きながら、恵一は大きく息を吐いた。

『なんとか撃退したな……高質量散弾による防御弾幕のために、先行艦隊が攻撃できなかったのは計算外だった。そのため、損害を回復できていない地球軍独立艦隊とサーチー星系軍艦隊で、もう一度戦うはめになってしまった……』

恵一は、戦術支援AIを呼び出して聞いた。

『地球軍独立艦隊と、サーチー星系軍の損害はどれくらいだ？ 艦種の分類はしなくてもいい、現在までに判明している概算の数字だけでいいから教えてくれ』

『現在までに判明している数字です。地球軍独立艦隊、沈んだ艦は八十一隻、大破、航行不能は六十七隻、中破、航行可能なるも戦闘不能は百十一隻。小破、継続戦闘可能は百二十二隻。サーチー星系軍艦隊、沈んだ艦は五十七隻、大破、航行不能は八十八隻、中破、航行可能なるも戦闘不能は百十七隻。小破、継続戦闘可能は百二十一隻です』

数字を聞いた恵一は思わず両手で顔を覆った。

——大破というのはつまり、沈んだも同じだ。戦力から言えば中破も同じことになる。つまり、地球軍独立艦隊は、二百隻以上の艦を失い、戦力の四割を失ったということだ。定数の六割ということは、もはや艦隊としての戦闘力はないに等しい。

サーチー星系軍艦隊も、沈没と大破、さらに航行は可能でも戦闘不能になった艦までを合計すれば二百六十二隻を失い、同じく戦力の四割以上を失っている。

インブレス星系軍とウルム星系軍は、ほぼ無傷といえども、この状態で次の粛清者の転移数が五百十二隻に及ぶとすれば、損害はさらに増え続けるだろう。

恵一は顔を上げると、通信端末を開き、レキシムを呼び出した。

呼び出しサインが点滅して、三秒ほどで意識空間にレキシムの姿が思念と共に浮かび上がった。

『レキシムです。戦闘の推移をこちらでもモニターしていました。苦戦だったようですね』

『はい、粛清者は高質量散弾による防御弾幕を使用しました。それによって第一次攻撃が失敗、第二次攻撃に移った地球軍独立艦隊とサーチー星系軍艦隊の雷撃艦隊は、双方ともに激しい防御砲火の中を突撃しなければなりませんでした。損害はかなりのもので、このままでは地球軍独立艦隊とサーチー星系軍艦隊は戦力として成立しなくなります。後方にデポしてある予備艦を使用し、戦死した乗組員はアバターを目覚めさせて補充するつもりですが、予備艦をすべて使用しても艦隊定数を回復できません。シュリシュクにある恒星間同盟防衛機構に、補充艦と親衛義勇軍の増援を急がせるように、お伝え願えませんでしょうか？』

レキシムは沈痛な表情でうなずいた。

『了解しました。粛清者の戦列艦の耐ビームコーティングを無効化した記録と共に増援を要求しましょう。耐ビームコーティングを攻略する方法を発見した功績があれば、ケイローン軍の心証もよいと思われます。それと……地球軍独立艦隊とサーチー星系軍艦隊が人員と予備艦補充による戦力再編を行なっているあいだは、恒星反応弾迎撃部隊に編入しているアロイス艦隊を割いて、一部を太陽系外周防衛部隊に編入し、粛清者の転移攻撃に備えましょう。

途上種族艦隊が装備している最新型ではありませんが、充分戦力になると思います』

『了解しました。粛清者は太陽系の防衛体制を摩耗させたあとに、恒星反応弾の飽和攻撃を仕掛けてくるのではないかと思います。アロイス艦隊は、恒星反応弾を防ぐための切り札で、ここで磨り潰すのは得策とは言えませんが、背に腹はかえられません。戦力再編のあいだ、よろしくお願いします』

恵一がそう言って敬礼すると、レキシムは真剣な表情で答礼を返した。

意識空間から、意識を旗艦ヤタガラスの指揮室に戻した恵一は、ふう、とため息をつくと、コンソールを叩いて、メインモニターに、戦死した将兵の氏名一覧を表示させた。

戦死者は沈んだ艦の乗組員だけではなく、大破した艦の乗組員も含まれている。航行不能になるまで破壊された艦は、生命維持装置や、放射線遮蔽の機能を失っているものも多く、カプセルで脱出しても回収できなかった者は、戦死として扱われていた。

百三十七人に及ぶ大量の戦死者の氏名の上には、小さな青い丸が三つ、もしくは二つ並んでいるのが見える。その丸は、凍結睡眠カプセルに収納されている予備のアバターの数を意味していた。モルダー防衛戦の戦いで戦死したことのある者は二つ、それ以外の人間は三つ。つまり、この一覧表に名前が掲載されている人間は青丸がさらにひとつ減ることを意味している。

――以前は、アバターの残りが、一体だけになってしまった人間は、なるべく安全な任務にまわすように考慮しないといけない、などと考えていたが、そんな配慮は人員に余裕があって初めて可能だったんだ。

実際には、戦いは休むこともなく続き、艦船も機動戦闘艇も、何もかもが消費され、補充され、の繰り返しだ。その果てしないサイクルから、人間だけがはずれるなんてことがあるわけはない。戦争においては、人間も消耗品のひとつにすぎない。

時代は代わり、地球人が宇宙に出て、恒星のあいだを簡単に飛びまわるようになっても、戦争というものの本質は変わらないんだ……。

恵一はそんなことを考えながら、泊地《ベース》の管理ドローンに、戦死者のアバター開放を命じる指示を送った。

8　継　続

――マサト・ヨダ。

――マサト・ヨダ。

誰かが呼んでいた。

依田は、その声を母の声だと思った。

だが、彼の意識の中で、もう一人の自分が首を振った。

――いや、違う、あれは母親の声なんかじゃない。声の質がまったく違うじゃないか。

そう言われてみればそうだった。記憶の中にある母の声とは似ても似つかぬ声だった。

――なぜ、あの声を母の声だと思ったんだ？　そういえばおれは、これとまったく同じ疑問を抱いたことがある……あれはおれが宇宙軍士官学校に入って、最初に訓練航海に出た時だ。おれは教育コロニー・アルケミスで……。

そこまで考えた時、依田の意識の中にあった白い靄のようなものが、すうっと晴れていった。それは深い水の底から浮かび上がって、水面で空気を吸いこんだ時の感触に似ていた。

『覚醒されましたね？』

柔らかな女性っぽい声が聞こえた。依田は、その声質《せいしつ》に聞き覚えがあった。それは医療用の看護ドローンの声だった。

——ここはどこですか……。

依田は、そう言おうとして、口が動かないことに気がついた。

意識の中で声が答える。

『あなたの脳は覚醒しましたが、身体はまだ凍結睡眠から覚醒しておりません。身体機能が回復するには個人差がありますが、おおむね三十分ほどかかります』

『感応端末による思念の会話はできるが、声帯を使って話すことはできない、ということですね……』

『はい、今のあなたと会話しているように……』

『こうして冷凍睡眠カプセルの中で目覚めた、ということは、おれは戦死した……ということですね？』

『はい、以前のあなたのアバターは、粛清者《しゅくせいしゃ》の六回目の転移攻撃を迎撃中に、乗艦していた駆逐艦アケボノを撃沈され、戦死しました。あなたがこうやって蘇生したということは、稼働していた以前のアバターの生命活動が完全に停止したことが確認された、ということです。稼働していたアバターの記憶は、あなたにはありません。今のあなたの記憶は、五回目の出撃を終えて帰投したときに、サイコサーバーに登録されたものです』

看護ドローンは、依田の戦死を実にあっさりと口にした。その事務的とも言えるドローン特有の合理的な思考が、逆に心理的な負担を軽くしてくれた。

——そうか、次の戦いでおれは戦死しちゃったんだ……次の戦いってことは、粛清者は確実に増えていたってことなんだろうな。

依田は思念を送った。

『おれの記憶は過去のまま、ということですか？　現実世界は、この記憶から何日くらい進んでいるんです？』

『二十二時間です』

依田は驚いた。

『二十二時間だって？　じゃあ、おれたちが出撃した五回目の粛清者の転移から、一日もたたないうちに次の転移攻撃を受けたってことか？』

『はい。太陽系は、あなたの記憶にある五回目の戦闘からわずか十八時間後に、次の転移攻撃を受けました。地球軍独立艦隊とサーチー星系軍艦隊は、損傷艦の補充を受ける前に出撃しなくてはならず、戦力として弱体化していたために、六回目の迎撃で大きな損害を出しました』

『六回目の迎撃で何があったんですか？』

『まもなく機能回復ステージに入ります、おおむね四時間ほどかかりますので、その間《かん》に記憶補塡措置を行ないます。目を開けてください』

看護ドローンに言われて初めて、依田は自分が目を閉じていたことに気がついた。

――おれの記憶は大丈夫なのかな？　目の開けかたを忘れていた、なんてシャレにならないぞ……。

依田はそんなことを考えながら目を開けた。

最初に見えたのは、覆いかぶさるように自分を見下ろしている白い外装の人間型のドローンの顔だった。

『わたしの顔が見えますか？　見えたなら、一回まばたきをしてください』

依田は一回まばたきをした。

『結構です。まぶしかったり、目に異物感はありませんか？　異物感がなければ一回、異物感やまぶしさがひどいと感じたら二回、まばたきをしてください』

もう一回まばたきをすると、看護ドローンは満足そうにうなずいた。

『視覚に異常はないようですね。ではそのまま機能回復ステージに入ります』

それからあとは、指を動かしたり、首をまわしたりする身体機能の確認が続いた。声が出せてカプセルから起き上がれたのは、十五分ほど過ぎたころだった。

『歩行機能の確認をかねて、こちらのシートまで移動しましょう。シートに深く腰かけてリラックスしてください。急激に身体を動かすと、あとで筋肉痛や、疲労感が強く出ます。休みながら、通常の状態に復帰させていかねばなりません。本来ならば八時間は必要なのですが、戦時体制なので四時間に短縮されております。申しわけありません』

「あなたが謝ることじゃないよ、戦争中なんだから仕方ないさ……で？　記憶補塡はいつやるの？」

看護ドローンは、うなずいた。

『そう言っていただけて感謝いたします。記憶補塡はこのシート上で行なわれます。客観的な記録を擬似的な主観に置き換え、記憶として意識の中に挿入します。部分的にですが、記憶の中に封じこめてある深層心理の闇の部分や、心理的外傷を再認識させることになりますので、強い不快感を生じることになります。それは自我を守ろうとする心理的な防衛本能で、誰にでもあるものですが、自己愛が強いかたは強く感じるようです。不快感を耐え忍ぼうとせずに、悪態をついていただけると不快感は軽減しますので、どうぞ我慢せずに呪詛《じゅそ》の言葉を吐いてください。声帯と発音の機能回復にもなります』

「大声で悪態をつくってのが機能回復訓練になる、というのもおもしろいな」

『アクティブになれる人のほうが機能回復は早いんですよ』

看護ドローンの言葉を聞いた依田は――そんなものかな……と考えながらシートにすわ

った。背もたれに身体を預けると、シートはゆっくりとリクライニングを始めた。
すうっと背中にかかる重力が軽減されていくのと同時に、意識の中に誰かが入ってきた
ような感覚があった。
その〝誰か〟は、依田の意識の中に、まるで時間を早まわしする映像を見ているかのよ
うなチャカチャカした感触とともにさまざまな情報を流しこみ始めた。
その情報は、五回目の百二十八隻の粛清者の転移攻撃を撃退し、泊地《ベース》に帰還したあとか
ら始まった。泊地に帰投して、わずか十八時間後に始まった六回目の粛清者の転移攻撃に
出動する地球軍独立艦隊の記録だった。
『なんだよ、一日も休ませてくれねえのかよ。寝たと思ったらもう出動だぜ？』
『おまえは寝てたからいいよ。おれはこれから寝ようと思ってたところだぜ？』
『帰ってきてから今まで、何やってたんだよ？』
『え？　ゲーム……』
『そりゃあおまえの自業自得だろうが！』
雑談を交わす仲間の思念の中に、依田は無意識に〝誰か〟と共に自分の姿を探していた。
やがて、意識の中にいた〝誰か〟は、依田の過去に向かって記憶の中を歩き始めた。
――おい、どこに行くんだ。そっちじゃない。そんな昔のことなんか思い出しても仕方
がないだろ！

依田は〝誰か〟を止めようとした。だが〝誰か〟は過去の記憶をほじくり返すのをやめようとしなかった。五回目の出撃の前に食べた食事の記憶。モルダー星系防衛戦の記憶。シュリシュクで受けた〝試練〟の記憶。士官学校の寮生活の記録や、食堂で食事をした時の記憶。ハンバーグのソースの匂い。カリカリに焼けて食器の縁に張りついているドリアのホワイトソースを、フォークでこそげ落とそうとするときの指先に伝わってくる引っかかりの感触。

そういった、ほとんど意味のない断片的な記憶を切り取って意識の中に引っ張りだしてきた。そして、その〝誰か〟は、依田が忘れたいと思っていた、恥ずかしい記憶や、罪悪感を伴う後ろめたい記憶まで引っ張りだして、広げ始めた。

「うわ！　やめてくれ！　っていうか、やめろ馬鹿！　誰もそんなこと頼んでない！　やめろって言ってんだ！　ぶん殴るぞ、この野郎！」

依田は思わずわれを忘れて叫んだ。喉が痛かった。

『いい声が出ましたね』

看護ドローンが、嬉しそうに笑っていた。

「なんだよ、これ……こんなふうに頭の中がいじられるとは思ってもいなかった……記憶補塡措置を受けたやつが、みんなおとなしくなる意味がわかった。自分がどうしようもないクズ人間だと思い知らされるんだものな……こんな措置を喜ぶやつは、マゾヒストかサイコパスだけだ」

『記憶補塡措置は終わりました。あなたの記憶には、前回の記憶登録のあとから、今回覚醒するまで、自分がどのような行動を取ったのか、その流れが主観的な記憶として挿入されています。人間は本来、ほんの短いあいだの記憶しかできません。その短期記憶の中で、主観的に印象深いもの、生存本能に直結したものだけを選択して、海馬と呼ばれる長期記憶回路に記憶させていくわけです。記憶補塡措置は、その作業を外部から行なうもので、いわば脳の記憶をデフラグするようなものです。作業をすることで圧縮され記憶の底に沈んでいた古いファイルも表面に出てきてしまうため、忘れたい記憶を掘り出されるように感じるのです』

依田は顔の前で手を振った。

「解説はいいよ。もう終わったんだろ？　このあとはどうすればいいんだ？」

看護ドローンは、依田がすわっているシートの向かいにある薄いブルーの扉を指さした。

『あちらに、ロッカールームがあります。制服に着替えてから、登録端末で任務復帰手続きをお願いします。艦隊司令部の総務システムが、具体的な任務について指示します』

「休むヒマなく任務復帰ってわけか……」

看護ドローンはあわてて首を振った。

『任務復帰というのは労務管理システム上の扱いのことで、そのまま艦に乗りこんで今すぐ前線に戻る、という意味ではありません。地球軍独立艦隊は、現在再編成中のため、第二種待機状態にあります。詳しいことは、艦隊司令部の総務システムから指示があると思われます』

「わかってるよ。ちょっと愚痴《ぐち》を言いたかっただけさ。いろいろありがとう……あ、そう、そう、またのお越しをお待ちしています、というのはやめてくれ」

『承知しております。ご武運を』

看護ドローンはそう言うと、小さく一礼した。

覚醒措置室を出た依田は、ロッカールームで新たに支給された制服に着替え、腕に取り付ける汎用端末を受け取って登録端末に向かった。指先から採取された体組織の一部の照合が終わると同時に、制服の胸に付いている略綬が自動的に切り替わり、ネームプレートに名前が浮かび上がった。

登録が終わるとすぐに、腕の汎用端末に艦隊総務から、ブリーフィングルームにアクセスするように指示が入った。

——ブリーフィングってことは、作戦指示か？　地球軍独立艦隊は、戦力再編で第二種待機じゃなかったのかよ……。

胸の内で、そうぼやきながら感応端末に触れた依田の意識は、どこかの意識空間の会議室に飛んだ。

四十代の、大佐の階級章をつけた、ケイローンの軍人が説明していた。

『諸君らに支給された新型の戦列艦の主砲ビーム出力の最大値は、旧型艦を百とした場合百五十。五割増しとなっている。これは、遠距離砲撃の威力を増し、アウトレンジからの制圧を目的として設計されたからである。今回、この主砲の出力パラメーターを変更可能にする改修を加え、さらに出力を増すことで粛清者の新型艦の耐ビームコーティングに過負荷を起こさせて無力化するという案に対し、装備本部開発課は、パラメーター変更のモデルを、三パターン用意した。

諸君らはこのパターンに従って途上種族連合艦隊の戦列艦を改修し、実戦で試験運用していただくことになる。

運用データはケイローンの装備本部にリアルタイムで送信され、モニターされる。戦闘中にこちらから指示を行なう場合もあるので、それについて、あらかじめご了承願いたい』

依田の意識の中に解説が挿入された。

――解説しているのはケイローンの装備本部のハーフェル技術大佐である。途上種族連合艦隊に配備された新型の戦列艦の主砲を集中運用して、粛清者の耐ビームコーティングを無力化させたという報告と、主砲の出力を向上させるパラメーター変更による改修案は、太陽系防衛軍総司令官であるレキシムの意見具申を併記して、ケイローン軍の装備担当の上層部に送られた。

ケイローンの反応はすばやかった。レキシムの意見具申を受け取ると、すぐに技術開発部門と整備部門の専門家による会議が行なわれ、その有用性、可能性が論議された。

部内からはいくつか異論も出たらしいが、実用性を試験運用するべし、という結論が出て、出力を上げて耐久性を下げた場合のシステム全体の安定性を考慮した何万通りものパラメーターの数値を組み合わせたシミュレーションが行なわれ、その結果から三つのモデルが選ばれ、それを、太陽系防衛戦を展開している途上種族連合艦隊で試験運用することとなった――

ハーフェル大佐の説明は続いていた。

『パターン1のパラメーターは、バランスタイプだ。この改修を加えた場合、戦列艦の主砲は一回の斉射で旧型艦の四・五倍のエネルギーを放出することとなる。しかし、この改修を加えた場合は連射能力と耐久値が落ちる。発射間隔は最短でも十五秒。さらに六百発が限界だ。それを超えて運用した場合、コンバーター回路が破断し、最悪の場合は動力炉の暴走を招いて爆沈する可能性がある。

パターン2は、連射性重視タイプだ。一回の斉射で放出されるエネルギーは旧型艦の三倍。五秒間隔で斉射が可能、一千発までは耐えられる。たて続けに撃ちこんで、過負荷を起こさせることを目的としている。

パターン3は、一発勝負の出力強化タイプだ。旧型艦の十倍のエネルギーを放出するが、発射間隔は一分近い、耐用は百発が限度と思われる。

いずれの改修も、すべて粛清者の用いる耐ビームコーティングが、既存のビーム吸収シールドと同じ原理であるという仮説と、先の迎撃戦で、戦列艦の主砲の集中運用によって敵の耐ビームコーティングを無力化させたという報告に基づいている。つまり、ビームエネルギーを吸収することでビームの効力を失わせているのであれば、それを飽和状態にすれば、効力を失うに違いないという考えかただ。もし、粛清者のテクノロジーが、われわれの知らない次元に達しており、これ以外の方法でビームを無効化しているとすれば、これらの改修は意味を持たないだろう。

われわれの報告を受けた銀河文明評議会の上級種族は、新たなテクノロジーを開示する方向にある。粛清者の新兵器に対抗できる火器と装備が開発され、実用化するまでどれほどの時間を必要とするのか、それはわからないが、その方向で進みつつあることは間違いない。粛清者のテクノロジーを凌駕《りょうが》する新兵器が開発されるまで、われわれは既存の兵器の改修と、用兵の運用で粛清者に立ち向かうしかない。

現在装備本部では、有効射程距離を今までの二倍に伸ばしたものと誘導能力を持たせたもの、この二つの新型光子魚雷を開発中だ。これが実用化されれば、戦いのセオリーは大きく変わるだろう。それまでなんとか踏みとどまってほしい。なお、技術的な質問については、このあと、対応係員が個別に受けつけるので、その旨を諸君らの艦隊の装備管理部門の責任者に伝えてほしい。わたしからは以上だ』

ハーフェル大佐はそう言い残すと意識空間から消えた。

代わりに現われたのは、ゾーヤ中佐だった。気がつくと、依田の周りには第二雷撃艦隊の仲間たちの姿があった。

『今のハーフェル大佐の説明は、おまえら駆逐艦や軽巡航艦の艦長には直接関係のない話だが、この改修の結果、こっちの戦列艦が粛清者の戦列艦を沈めることができれば、あたしらの雷撃も楽になるからね。知っておいたほうがいいと思って、リンクしておいたんだ……』

ゾーヤ中佐はそこで言葉を切ると、ブリーフィングルームに集まっている、第二雷撃艦隊の艦長たちを見まわして、にっこり笑った。

『なにはともあれ、復帰おめでとう。また会えて嬉しい』

第二雷撃艦隊の艦長たちは口々に応えた。

『おれもです、教官!』

『教官の乗っているカリーニンが沈んだ時、わたし、ショックで泣いちゃいました!』

『教官の乗るカリーニンが盾になってくれたおかげで、おれたちは雷撃できたんです!』

ゾーヤ中佐は、笑いながら首を振った。

『だから、その〝教官〟ってのはやめろ、って言ってるだろう？　おまえらはもう練習生じゃないんだぞ？』

依田は思わず言い返した。

『いいえ、おれたちにとって、ゾーヤ教官は、あくまでゾーヤ教官です！　おれたちは教官からさまざまなことを教わりました！　それを覚えているかぎり、おれたちが生きているかぎり、おれたちは練習生であり、あなたは教官であり続けるんです！』

ゾーヤ中佐は黙って依田たちを見まわしてから、ふっと笑って肩をすくめた。

『仕方ねえガキどもだ……わかった、じゃあ、再会を祝してメシでも食おう！　あたしのおごりだ……とは言っても食いすぎんなよ。あたしらは病み上がりみたいなモンだからね！　十五分後に士官食堂に集合だ！　さあ、部屋に戻って支度しな！』

『了解！』

依田たちは、声を揃えて返事を返すと、いっせいに意識空間から消えた。

粛清者の七回目の転移が始まったのは、それから二十一時間経過した時だった。私室に転移警報が鳴り響いた時、恵一は少し遅い昼食のコロッケそばを食べている最中だった。

旗艦のヤタガラスの自動調理器は、食材を入れておけば、データベースのレシピどおりに好みの献立を作ってくれる。恵一の食べているコロッケそばとは、ごく普通のかけそばに、ごく普通のポテトコロッケを載せたものだ。いわば天ぷらそばの天ぷらをコロッケに変えただけの単純な食事である。

左手の感応端末を操作して、粛清者の転移座標などのデータを受け取りながら、恵一は丼の中に半分くらい残っていたそばを急いですすりこみ、ツユを吸ってモロモロになったコロッケを箸で突き崩し、コロッケの中のジャガイモを溶かしこんでポタージュ状に質量を増したあまじょっぱいカツオ風味のツユを飲み干した。

いっきに早食いする恵一を見て、ロボが責めるような口調で言った。

『ここのところ、まともな食事取ってないでしょう。立ち食いそばのメニューみたいなものだけじゃなくて、もっと野菜とかをしっかり食べなきゃダメだよ？』

「ちゃんとした食事をとろうと思ってはいるんだけど、いつ粛清者が転移してくるかわからない状態だから、手っ取り早く食べられるものって考えると、立ち食いそばになっちゃうんだよな……でもコロッケそばって、結構腹持ちがいいから重宝するんだぜ」

『なんだか、貧乏なサラリーマンみたい……』

「ケイローンの親衛義勇軍、そして上級種族のオゴショール軍とキトリット軍が来てくれれば、ずっと楽になる。そうしたら、ちゃんとした食事をとって、ゆっくり休める。それまでの我慢さ」

恵一はそう言い残すと、立ち上がって旗艦の戦闘指揮室へと向かった。指揮室まで歩きながらも、意識は常に戦術支援ＡＩとリンクしており、さまざまな情報を受け取っている。

恵一は感応端末を通じて、常時待機態勢にあったインブレス星系軍艦隊とウルム星系軍艦隊に緊急出動を命じながら、頭の隅で考えた。

――長岡藩の藩訓で、山本五十六がよく言っていたという〝常在戦場〟ってのは、今のおれみたいな状況を言うのかもしれないな……。

恵一が指揮室の中央にあるシートにすわると、コンソールの正面にあるメインモニターに粛清者の転移が行なわれると推定される座標が表示され、その下に、迎撃出動可能な艦隊の名前と、出動可能な艦の種類と数が並んだ。

――転移推定質量は、おおよそ五百隻分か……倍数の法則は生きているってわけだな。パラメーター変更により耐久性を犠牲にして出力を増した主砲に、どの程度効果があるものなのか、この戦いでそれがわかる、ということか……。

恵一がそう考えたとき、意識空間にレキシムの思念が飛びこんできた。

『シュリシュクの恒星間同盟防衛機構から通達がありました。装備改変のため赴任が遅れていた親衛義勇軍艦隊が四時間後に太陽系に到着します。そしてオゴショールとキトリットの各艦隊も、それぞれ母星を出ました。こちらは八時間後に到着します』

『四時間後ですか！　むちゃくちゃ速いですね！　でも、やっと来てくれるのですね！』

『はい、建設中だった太陽系とシュリシュクを結ぶ直通ゲートが、やっと完成したのです。

〝待たせてすまなかったと伝えてくれ〟とのデグル大将閣下からの個人的メッセージをお預かりしています。それと……親衛義勇軍艦隊と同時に、定数の二倍の予備艦が送られてきます。待たせたお詫びだそうです』

『ケイローンの細則によると、艦隊の予備艦の定数は正規戦力の二割ですよね？　その倍ってことは……地球軍独立艦隊の定数が八百隻だから……三百二十隻の予備がくるってことですか！』

驚く恵一を見て、レキシムはにっこり笑った。

『そうです。恒星系防衛戦力の間隙を作ることがあってはならない、というデグル大将の強い意志が装備本部に伝わった結果だと思われます』

『わかりました、ありがとうございます！　希望が湧いてきました！　この情報を、すぐに途上種族連合艦隊の将兵に知らせます！』

レキシムとの思念通話を終えた恵一は、即座に、援軍到着の情報を全将兵に伝えた。

『諸君らに朗報である！　なんと、あと四時間後、太陽系に親衛義勇軍三千隻の増援が到着する！　そして八時間後には、指導種族であるオゴショールとキトリットの艦隊も来てくれることが判明した！　われわれは、常に数の優位にありながら、粛清者の耐ビームコーティングをほどこした新型艦の前に、多くの犠牲を出してきた。だが、その粛清者の新兵器も無敵ではない！　諸君らは、前回の戦闘でそれを見たはずだ！

われわれの戦列艦は主砲の出力向上改修を行ない、粛清者の新型艦を沈めることのできる兵器に生まれかわった！

すでに、次の転移攻撃が始まっている。推定総数は五百十二隻。やつらは律儀に倍数の法則を守っている。ここで敵を全滅させれば、次は千二十四隻で攻めてくるだろう。その次は二千四十八隻だ。だがしかし、増援を得たわれわれは、常に数の優位を保ち続ける！

諸君らの後方に続く兵站《へいたん》は太く、確実だ。いっさいの憂いは無用である！　心置きなく戦い、地球を守りぬこうではないか！　諸君らの奮闘に期待する！』

恵一のメッセージに、途上種族連合艦隊の将兵は、歓声を上げた。

倍数で増え続ける粛清者に対し、損耗を続ける途上種族連合艦隊、という図式に不安を抱かぬものはいなかったからだ。増援は約束されていたが、いつまでたっても艦隊が姿を現わさないことに、不満を漏らすものも多かった。恵一の言葉もまた、単なる約束にすぎなかったが、将兵は恵一の言葉を信じた。

――この男は嘘を言わない。ダメなときはダメだと言うだろう。そしてそれと同時に、ダメにならない方法も指し示してくれるに違いない。アリサカ・ケイイチとは、そういう人間だ。

それが、途上種族連合艦隊将兵による恵一の評価だった。

途上種族連合艦隊とアロイス軍艦隊は、粛清者の転移座標に向かって急行した。

この時、途上種族連合艦隊の総数は二千二百。インブレス星系軍とウルム星系軍は共に定数近い艦数を維持していたが、サーチー星系軍艦隊の稼働艦数は五百を切り、地球軍独立艦隊稼働艦数に至っては、わずか四百隻にまで減少していた。

太陽系防衛軍は、途上種族連合艦隊の総数二千二百隻とアロイス艦隊千隻による三千二百隻をもって、五百十二隻の粛清者を迎え撃った。

――数の上では圧倒的だが、今までは耐ビームコーティングをほどこした敵艦にこちらの砲撃が通用しなかったため、楽勝とはほど遠い結果に終わっている。だが今回、こちらの戦列艦の主砲は出力強化を行なっている。この主砲をうまく運用すれば、損害はかなり減らせるはずだ。

恵一の意識の中に、転移座標における実体化質量の推定値が送られてきた。

――前回より高いな。きっと前回と同じ高質量散弾による防御弾幕を使ってくるに違いない。質量が多いということは、弾幕の密度も高いということか……。

恵一は、雷撃艦隊の指揮官に向かって思念を送った。

『今回の敵も、防御弾幕を使用する可能性が高い！　雷撃艦隊の接近のタイミングを変更する。まず出力向上改修を終えた主砲で、遠距離から敵の高質量散弾の弾幕と、戦列艦を叩いて、敵の防御を削ってから突撃をかける。雷撃艦隊は円錐陣形の内側に位置し、シールド艦の展開するシールドの陰で待機だ！』

恵一が指示を下して三分しないうちに、粛清者の実体化が始まった。予想どおり艦影はなく、代わりに高質量の塊が出現して炸裂し、無数の高質量散弾が周囲に打ち上げ花火のように球形に広がり始めた。

高質量の転移と炸裂はその後二回続き、ニュートロニウムを用いた高質量散弾による防御弾幕は三重の弾幕となって拡散した。

——ごていねいに、三重の弾幕か……ということは、あの中心に転移してくるってことだな。

恵一は、戦列艦艦隊の指揮官に思念を発した。

『まもなく、あの球体弾幕の中心部に粛清者艦隊が転移してくる！　パラメーター改修を主砲連射タイプとした戦列艦は、敵の球体弾幕を構成している高質量散弾を狙え！　破壊して突破口を作るんだ！　出力強化タイプの戦列艦は、統一して、実体化した粛清者艦隊の中にいる戦列艦一隻に対し集中砲火を浴びせろ！　敵の戦列艦の耐ビームコーティングが無効になったところに、バランスタイプの主砲を撃ちこむ！　各艦ともに耐久度に注意しろ！　主砲の発射可能数を忘れるな！　主砲発射、用意！』

各戦列艦が、『主砲発射準備よし』と答えたのと、粛清者の艦隊が実体化したのは、ほぼ同時だった。

『主砲、発射！』

その号令とともに、途上種族連合艦隊の連射タイプ戦列艦が、たて続けに主砲を発射した。宇宙空間にいくつものビームが飛び、粛清者の転移座標の周囲に球状に広がる高質量散弾が白く発光して輝く光景が、各艦のモニターに表示された。

『突破口を増やせ！　雷撃艦隊に自由度を与えるんだ！』

恵一の思念と共に、連射されるビームの目標が変わっていく。やがて、高出力タイプの戦列艦の主砲が集中攻撃を始めた。

そのビームの色はほかの主砲よりも青白い輝きを帯びており、数倍の明るさを持っていた。

だが、球状の防御弾幕を超えて、粛清者艦隊の戦列艦に命中した出力強化ビームは、一発では耐ビームコーティングを無力化することはできなかった。

『手を休めるな！　コーティングが復帰する間《ま》を与えるな！　たて続けに撃ちこめ！　過負荷に追いこむんだ！』

戦列艦艦隊指揮官であるバーツの熱い思念と、砲撃目標を選択し、砲撃統制データを淡々と告げるタフィの思念が、意識空間で交差する。

やがて、連続して出力強化ビームの直撃を食らった粛清者艦隊の戦列艦の表面に揺らぎと、ほころびが見え始めた。

『やった！　コーティングが剝がれるぞ！　狙え！　コーティングが復帰する前に、致命傷を与えるんだ！』

バーツの指示を受けた、バランスタイプの戦列艦が、主砲を発射する。

粛清者側はシールド艦を廃止して、個艦ごとの耐ビームコーティングを採用したため、コーティングが機能不全に陥った艦を、ビームの直撃から守るすべはなかった。

粛清者艦隊の中に、戦列艦が爆沈する光の球が輝いた。そして、数秒後、その光の球は、たて続けに連続して輝いた。

それを見ていた恵一は、短く思念を発した。

『雷撃艦隊、突撃！　敵の弾幕は多いが、戦列艦のビームは減少した！　小口径ビームなら、重巡航艦のシールドでなんとかなる！　光子魚雷でとどめを刺せ！』

恵一の命令を受けて、途上種族連合艦隊の四つの円錐形陣の内部から、いくつもの雷撃艦隊が単縦陣を組んで突撃を開始した。

このとき、連射型主砲を搭載した戦列艦の砲撃により、粛清者側の球形の防御弾幕には、すでに何個所にも空隙が生じていた。インブレス星系軍艦隊と、ウルム星系軍艦隊の重巡航艦を旗艦とした雷撃艦隊たちは、それぞれが一本の棒のようになって、その空隙に向かって突っこんだ。

粛清者艦隊は、戦列艦の主砲だけでなく、軽巡航艦や駆逐艦の主砲も動員して、突破口に向けてビームを撃ちこんできた。

状況は、六回目の迎撃戦と変わらなかった。粛清者側の放つビームは無数の白い棒となって防御弾幕を突破し、光子魚雷の射程内に近づこうとする雷撃艦隊に襲いかかった。その数は、粛清者の六回目の転移艦隊を迎え撃った迎撃艦隊に対する防御砲火の量と変わらないかのように見えた。だが、突撃していく途上種族側の雷撃艦隊の損害はきわめて少なかった。その理由は、雷撃艦隊の先頭に立つ重巡航艦の損害が少なかったことにあった。

六回目の転移艦隊を迎撃した雷撃艦隊の損害が大きかった理由は、艦隊の先頭に立ち防御スクリーンを展帳していた重巡航艦が、戦列艦の主砲の直撃を受けて失われたことで、後続する軽巡航艦や駆逐艦が充分な防御を得ることができなかったことにある。だが、今回の迎撃は、主砲改修を行なった途上種族艦隊の戦列艦が参戦し、その統制砲撃により、粛清者艦隊の戦列艦の半数以上を破壊していた。このため、雷撃艦隊の先頭に立ち、防御スクリーンを展帳していた重巡航艦の多くが健在のまま、光子魚雷発射地点まで雷撃艦隊を護衛できたのだ。

雷撃艦隊が光子魚雷の射程に近づきつつあるのを見て、粛清者側も軽巡航艦や駆逐艦といった雷撃可能な艦を前進させ始めたが、それは遅すぎた。

インブレス星系軍艦隊と、ウルム星系軍艦隊の雷撃艦隊が発射した光子魚雷は、無数の白い光跡を引いて粛清者の艦隊を包みこんだ。

雷撃は完全に成功し、転移してきた五百十二隻の粛清者艦隊は、一隻残らず消滅した。

『やったぞ！　全滅だ！』

『この次も、こういけば言うことないんだけどな……』

『大丈夫、いけるって！　粛清者の新型艦も沈めることができたんだぜ？』

『主砲改修が、こんなに効果があるとは思わなかったぜ！』

意識空間の中に、迎撃に成功したインブレス星系軍艦隊と、ウルム星系軍艦隊の将兵の歓声が響いた。

それを聞いていた、依田がぼやいた。

『前回も、こっちの戦列艦の主砲の改修がまにあっていたら、おれたちは死なないですんだかもしれないな……』

『文句を言うんじゃない。タイミングが悪かっただけだ……というか、また思念リンクのレベルが下がったままだぞ、ヨダ！』

ゾーヤ中佐の思念を受けて、依田は慌てた。

『うわ、いけね！　まただ……』

『臨戦待機中に雑談モードにして仲間と思念会話するのは構わないけど、出動命令が出そうな時は、レベルを確認しときな。雑思念を拾うし、おまえのぼやきを聞かされるほうも迷惑だぞ』

『申しわけありません……でも、出動命令が出そうなんですか？　粛清者の後続部隊が転移してくる兆候が？』

　ゾーヤ中佐が、首を振った。

『いや、そういう兆候はない。だけど、粛清者艦隊の連中が高質量散弾を三回も使って防御弾幕を張りやがったから、あの空域は、危険な高質量デブリがうようよ飛んでいる。危険な軌道で飛んでるデブリを処理する掃海作業が必要だってことさ。戦場のあと片づけは、予備部隊の仕事だからね』

『了解しました。掃海任務なんですね』

　依田は納得した。そして十五分後、ゾーヤ中佐の見込みどおり、地球軍独立艦隊に対し、指定空域に対する掃海作業が命じられた。

　依田たちに割当てられた空域は、今回の戦闘区域ではなく、前回の粛清者の転移座標近くの空域だった。そこは前回の戦闘が終わったあと、掃海任務を与えられた部隊が処理しきれなかったデブリが大量に残っている場所だった。

『前回、このあたりで沈んだ艦が多かったから仕方ないけど……このデブリが自分たちが乗っていた艦のなれの果てかもしれない、そう思うと、嫌な気分だね。でもまあ、仕方ない。任務ってのはそういうモンだ。さあ、仕事だ。さっさとやって、さっさと帰るよ！』

　ゾーヤ中佐はそう言うと、艦隊に横一列になる横列陣形を命じた。

『掃海開始！　センサーに反応するデブリを狙い撃ちしながら、微速前進！』

掃海作業自体は、実に単純な作業だ。センサーで宇宙空間を高速で移動している高質量デブリを見つけ出し、主砲のビームと光子魚雷でそれを無力化するだけである。宇宙船の破片のような軽質量の微細なデブリは、航行する宇宙船の船体を覆っている防御シールドによって無力化され、さほど航行に影響を及ぼさないが、粛清者が防御弾幕として使用した高質量散弾、特にニュートロニウム散弾は、軍用の強力な防御シールドでも無力化できず、放置すると危険度が高いため、しらみつぶしに無力化するしかないのだ。

とはいえ、すべての散弾を探しだして無力化することはできない。放射状に飛び散る散弾デブリは直線軌道で飛び続けるため、その未来位置を計算し、太陽系の中心部に向けて飛ぶものだけを処理することになっている。

艦隊は横一列になってゆっくりと進んだ。主砲や光子魚雷が発射され、はるか前方で、ビームによって蒸発するデブリの光や、対消滅を起こした目に見えない放射線の爆発が起きる。

探しだして《サーチ》……消《デストロイ》す。探しだして《サーチ》……消《デストロイ》す。つまるところ、掃海作業というのはその繰り返しなのだ。

——単純で、地道な作業だよな。でも、決して手が抜けない。本当に重要な仕事っての は、派手さも見栄えもよくない、こういう仕事のことを言うんだろうな。

淡々と仕事を処理するドローンたちを見ながら、依田はそんなことを考えていた。

掃海作業が始まって一時間ほど経過したとき、依田はセンサーで前方の空間を走査《スイープ》していたドローンから、報告を受けた。

『こちらの裁量では処理できない物体を発見しました、いかがいたしましょうか？』

「きみたちの裁量では処理できない物体？　なんのことだ？」

『脱出時に使用する救命カプセルです』

「救命カプセル？　われわれのものか？」

『はい、ケイローン様式のものに間違いありません』

「生存信号は出ているか？」

『いえ、それは確認できません』

依田は考えこんだ。

――救命カプセルか……まだ生きていればいいけど。光子魚雷の対消滅のときに出る放射線量は、とんでもないからな……救命カプセルが安全な遮蔽《しゃへい》レベルを維持できる時間はそう長くない。前回の戦闘から経過した時間から考えれば、生存している可能性はほとんどない。

「救命カプセルのシグナルは取れるか？　艦名は？」

『地球軍独立艦隊第二雷撃艦隊所属、駆逐艦アケボノです』

ドローンの返した答えを聞いて、依田は思わず叫んだ。

「駆逐艦アケボノ？　この艦じゃないか！　いや、この前の艦か……間違いないのか？」

ドローンは冷静に答えた。

『シグナルを解析しました、間違いありません』

「なんて……こった」

依田は思わず顔を覆った。

——あれには、おれが乗っているってことか？　いや、もしかしたら中には誰も乗っていない、空《から》の救命カプセルかもしれないが、シグナルが出ているということは、中に人がいる可能性が高い。

おれには、おれが死んだ時の記憶はない。おれの頭の中にあるのは、アロイスが打ちこんだ記憶だ。おれは、稼働しているアバターの生命反応が消えた時点で、次のアバターの蘇生が可能になるのだと教わった。もしそのとおりだとすると、この救命カプセルの中のおれは、もう、とっくに死んでいる。

依田は迷った。

——どうする？　回収するのか？　でも、回収してどうなる。おれの死体を持って帰っても、おれはもう生き返らない。このおれが生きている以上、それはただの死体にすぎない。葬式も埋葬もできない。火葬にして、灰を宇宙に撒くことくらいしかできない。

依田は、モニターに映る救命カプセルを見つめた。

宇宙空間に漂うそれは、ゆっくりと回転していた。きっと射出されたあとに何かと当ったのだろう、表面にいくつも傷がついているのが見える。

『いかがいたしますか？』

尋ねてきたドローンに、依田は静かに答えた。

「回収はしない。あれは、あのまま宇宙で眠らせてやろう……」

『了解しました。それがよろしいと判断します』

そのドローンの言葉を聞いて、依田ははっとした。今まで、ただのロボットのように思っていたドローンたちにも、感情はあるのだということを思い出したのだ。

――そうだ、忘れていた。ドローンのマインドモデルは、昔生きていた人たちのものだ。ドローンの中にあるバイオチップを構成している細胞には、かつて生きていたアロイスの意識の一部が今でも生きている。

彼らに、人間だったころの記憶はない。精神の一部だけが残されているにすぎない。でも、彼らの中にある、その人間としての想いは消えないんだ。

光学モニターの中で、ゆっくり回転しながら遠ざかっていく救命カプセルを見ながら、依田は思った。

――さようなら、もう一人のおれ……おまえがどんな戦いをして、なぜそこにいるのか、おれは知らない。でも、おまえはきっと精いっぱい戦って、そして必死に生き残ろうとしたんだと思う。その想いはかなわなかった。でも、おれもおまえのように、精いっぱい戦って、そして必死に生き残ろうと思う。おまえにできなかったことを、おれが代わりにやってやる。だから、そこで、おれの戦いを見ていてくれ。

依田は吹っ切るように小さくうなずくと、光学モニターを切り替え、ドローンに告げた。

「掃海任務を続行する。センサー走査を続行せよ」

『了解しました』

ドローンの答えを聞きながら、依田は意識の片隅で、自分があの救命カプセルの中にいるもうひとりの自分を、どこかで羨《うらや》んでいることに気がついた。

——跡形も残らぬまま、この艦と一緒に対消滅してしまうかもしれないおれに比べれば、ああやって身体が残っただけ、あいつのほうが幸せなのかもしれない。

そして、依田は意識を任務に戻した。単調な掃海作業は、その後も続いた。

掃海部隊の作業が終わり、すべての途上種族艦隊に帰投命令が出たのは、それから三時間後だった。

戦闘態勢を解除し、待機命令を出した恵一のいる旗艦ヤタガラスの意識空間に最初にやってきたのはバーツだった。

『……やったな！』

嬉しそうなバーツを見て、恵一は、肩の荷を降ろしたような表情になって、笑いを返した。

『ああ、こっちの戦列艦の砲撃で、敵の戦列艦を多数破壊したことにより、前回に比べて、雷撃艦隊の損耗率は半分以下に抑えられた。でも、パラメーターを操作して出力を向上させた戦列艦は、そのほとんどが耐久度ギリギリなんだろう？』

バーツは肩をすくめた。

『撃ちまくったからな……特に、出力強化タイプの戦列艦は、耐用限度寸前まで主砲を発射したから、完全に限界だ。これ以上撃てば、爆発するというところまで使いこんじまった……シュリシュクの装備本部でオーバーホールして、主砲を載せ替えないと無理だな』

恵一は笑いかけた。

『安心しろ、予備艦が来る。それも定数の二割じゃなくて四割だ。オーバーホールに出しているあいだの戦力の間隙は生じない。シュリシュクと太陽系の直通ゲートも完成したそうだから、もうジリ貧になるのを心配することはない』

バーツは目を丸くした。

『本当か！　そうか、おまえが言っていた〝太く確実な兵站〟ってのは、このことか！』

『そうだ。きっと次の粛清者の転移数は千二十四隻に及ぶ。千を超える敵の強さは、今までの比じゃない。増援がまにあってくれて、本当によかったよ……』

恵一はそう答えたあとで、思った。

――親衛義勇軍と、指導種族艦隊が来てくれたら、戦力再編をかねて、途上種族連合艦隊全体に休養を与えるべきだな……目の前に地球を見ていながら、そのまま配備について、ずっと戦いっぱなしだったから、練習生たちも地球に降ろしてやらないと。

そうだ。休暇だ。戦いを忘れて、親や兄弟や親しい人と会って、話をさせるんだ。それは、自分たちが守るべきものをその目にしっかり焼きつけて、自分たちがなんのために戦うのかをもう一度自分にしっかり叩きこむ機会になる。

それは、どんな苦境の中でも、どんな絶体絶命の最後の最後の瞬間にでも、踏みとどまるための足場だ。

恵一の目の前のモニターには、本隊に先駆けて転移し、受け入れ態勢を確認する親衛義勇軍艦隊の先遣部隊がゲートから姿を現わす映像が映し出されていた。

その映像を見つめて、恵一は思った。

――粛清者は、いつまでこの倍々ゲームを続けるつもりなのだろう？　二千の次は四千、そして八千、一万六千、三万二千……そうなれば、それは今までの大量転移攻撃と同じ数で押し切る戦いかただ。この、倍々ゲームを続ける理由はない。だとしたら粛清者は、大量転移を始める前に、次の段階……恒星反応弾の転移攻撃に切り替えるだろう。その段階に達したと粛清者が判断する要素はなんだ？　転移攻撃が成功した、と判断した時点だろうか？　だとしたら、粛清者は何をもって転移攻撃の成功と判断するのだろう？

答えはなかった。

恵一は、ふう、とため息をついて、自嘲するようにつぶやいた。

「どうやら、おれに休暇はなさそうだな……」

9 帰郷

依田《よだ》真人《まさと》を乗せたフローターヘリは、群馬県と長野県の境にある、碓氷峠《うすいとうげ》を越えようとしていた。眼下に見える複雑な凹凸《おうとつ》のある岩の塊は妙義山《みょうぎさん》だ。そのあいだを縫うように白く伸びるのは上信越道だろう。自動運転路《オートウェイ》の上を何台もの車が、きちんと等間隔で走っていくのがわかる。

――高速道路上の車線がすべて自動化されたのは、おれが子どものころだった。それまでは連休や、行楽シーズンの土日には、上信越道の八風山《はっぷうさん》トンネルや、藤岡ジャンクションでひどい渋滞になったものだ、と父から聞かされたことがある。

依田真人は、顔を上げて自分がすわっているフローターヘリのキャビンを見まわした。

三人用のシートが四列という座席配置は、大型のワンボックスカーを思わせるが、天井が高いためもっと広く感じる。エンジンやフローターコイルを駆動するモーターなどは床下にあるため、キャビンの中は実に静かだ。大昔の回転翼《ローター》を持ったヘリコプターと大きく違う点は、このフローターヘリがハイブリッドエンジンで飛んでいるというところだろう。

フローターコイルは、エネルギー効率がきわめて高い。大きな回転翼を高速で回す必要がなくなったために、エンジンは小型化され、反重力エネルギーを発生させるフローターコイルの駆動力は、回転の制御が容易なモーターが使われるようになった。

回転翼を必要としないフローターヘリの外見は、その昔、動画カメラを搭載して飛ばしていた〝ドローン〟と呼ばれるラジコンによく似ている。大雑把に言ってしまえば、フローターヘリとは、ドローンをそのまま大きくして中央に人が何人も乗れるようなキャビンを載せ、四個所のプロペラの代わりに反重力を発生させる葉巻状のフローターコイルを取り付けたものなのだ。

依田真人の前の列の座席にすわっていた、スーツ姿の秘書っぽい茶髪の外国人の女性が、隣で居眠りをしていた四十歳くらいの、ぱっとしない風貌の男に声をかけた。

「起きろ、ナカジマ。あと五分で到着。もうすぐ長和《ながわ》シェルターステーション。起きなければゴシュジンサマと呼ぶぞ」

ナカジマと呼ばれた男は、はっと顔を上げた。

「ああ、ありがとう、ノンナ……朝まで考えごとをしていたものだから……」

ノンナと呼ばれた女性は、呆《あき》れたように言った。

「あなたが現場を見たいというから、ナターシャがスケジュールを必死でやりくりして、睡眠時間を確保したうえで、この現地視察をネジこんだのに、寝てなかったのか？」

「あ、ああ、ごめん」

「謝るのはあたしにじゃない。現地視察に行くナカジマの代わりに、事務処理を全部引き受けてるナターシャに」

「ああ、そうだな、そのとおりだ……」

「あたしにも、少し謝るといいかも」

「そうだな、現場を見たいというおれのワガママにつきあってくれて感謝する」

中島という男がそう言うと、ノンナという秘書は、小声で、中島に何かを耳打ちした。

「宇宙軍……休暇……」という単語が聞こえてくる。

——おれの話をしているのかな？

依田真人が、そんなことを考えていると、前の席にすわっていた中島という男が、振り向いて話しかけてきた。

「きみは……地球軍独立艦隊の士官かい？　このあいだ地球に戻ってきたという……」

「あ、はい。休暇をもらったので、家に帰ろうかと……」

依田の言葉を聞いて、中島の隣にいたノンナという女の人が、にっこり笑った。

「よし、あたしの見立てどおり。連邦軍は休暇中の将兵には最優先でヘリを飛ばすという情報をキャッチして、便乗するという裏ワザ。つまり、この子がいなければヘリは飛ばず、ナカジマは現場視察に行けなかった。ナカジマは、この子にも感謝すべき」

「ノンナの言うとおりだ、きみのおかげで、こうやってヘリに便乗できた、ありがとう。お礼を言わせてくれ」

頭を下げた中島に、依田真人はあわてて首を振って見せた。

「あ、いえ、偶然ですよ、休暇で実家に帰ると言ったら、連邦軍がヘリで送迎してくれるというので、お願いしただけで……」

「いやいや、きみが実家に帰ると言わなければ、このヘリは飛ばなかったんだから、きみのおかげだよ……ご実家は長野なの？」

「はい、上田・佐久行政区の長和町です……」

「われわれが向かっている、甲信越中央シェルターの建設センターがある場所だね。そうか、長和町の出身者が地球軍独立艦隊にいたとはね。偶然とはいえ、本当に運がよかったな……わたしは、完全閉鎖型のスペースコロニーの設計と維持管理のシステム設計をやっている者で、中島という。こっちは秘書のノンナ。本来ならば宇宙が仕事場なんだが、粛清者の恒星反応弾の攻撃に伴う太陽の表面爆発の影響下でも耐えられ、生き延びることのできる地下シェルターの設計を手伝うことになってね。ほら、スペースコロニーの技術は完全閉鎖型シェルターに応用できるだろう？　実際には、重力とか大気利用の燃料電池とかが使えるし、地下水が使えるから、地下シェルターとスペースコロニーは基本設計がだいぶ違うんだが、そもそもそのスペースコロニーでは……」

くどくどと説明を始めた中島をさえぎってノンナが言った。

「いつもながら話がくどい。つまるところ、この凝り性な上司が〝シェルター建設の現場を見たい〟とワガママを言いだしたので、往復の時間をどうやって短縮するか手をつくした結果、こうやってキミのヘリに便乗させてもらったわけ。感謝」

「ああ、そうだったんですか……甲信越中央シェルターというのは、どんなものなんですか？　話には聞いていましたが、ずっと地球を離れていたので、詳しいことを知らないんです」

ノンナは中島を振り返った。

「簡潔に。必要なことだけ」

中島はフローターヘリの前方に見える山を指さした。

「ええと、甲信越中央シェルターってのは、簡単に言ってしまえば、長野県中央の上田・佐久と、諏訪《すわ》とのあいだに広がる蓼科《たてしな》高原と美ヶ原高原の真下に掘られた地下シェルターで、長和側と諏訪側の二個所に入り口があり、長野県全域と山梨県の一部の住民をすべて収容できるように設計されたものだ。

中央アルプスの下のように破砕帯もなく、浅間山や白根山のような火山帯でもない、地質的に安定しているということで、ここが選ばれたんだ。アロイスが持ちこんだ工事用ドローンで、地下の岩盤を溶かして拡大し、広大な空間を作り上げた。今は内部に居住可能な都市空間を作っている最中だ。運用開始を一週間後に控えているんだが、空調と水質管理の両方に、いろいろ問題が出ているらしいんだよ」

依田真人は驚いた。

「一週間後に、運用開始なんですか！」

「ああ、粛清者の転移攻撃が続いている現状では、いつ恒星反応弾が撃ちこまれるかわからない。撃ちこまれた瞬間に全世界に警報が出て収容が始まる。一週間後でも遅いくらいだよ。本来なら、今ごろは運用開始されていなけりゃいけなかったんだが……」

中島はそこで言葉を切ると、依田真人の顔を見てから、ふたたび頭を下げた。

「シェルターや脱出船の運用が軌道に乗るまで、われわれはきみたちのがんばりに頼らざるを得ない……よろしく頼む」

「あ、いえ、大丈夫ですよ。ケイローンの親衛義勇軍艦隊も来てくれましたし、アロイスと同じ指導種族のオゴショールとキトリットの艦隊も来てくれました。総戦力は一万を超えています。もし恒星反応弾が転移してきても、太陽系内には十二万機の迎撃型機動戦闘艇部隊が何重にもピケットラインを張って待ち構えています。安請け合いに聞こえるかもしれませんけど、持ちこたえますよ、安心してください」

依田真人がそう答えたとき、ローターヘリのキャビンに、アナウンスが流れた。

『まもなく、甲信越中央シェルター建設センターに到着します。シートに深くすわって、フォームハーネスに身体を預けてください』

「ほら、ナカジマ、前を向いて、背を伸ばしてちゃんと深くすわる」

子どもの面倒を見るような口調で世話をするノンナに、素直に従った中島を見て、依田真人は少し驚いた。てっきり、子ども扱いされることに怒ると思ったのだ。

——おれだったら、子どもじゃないんだから！　とかなんとか言っちゃうだろうな。

でもそれって、別にこっちを支配下におこうとかそういう意図はなくて、相手は、単に親切というか、こっちを気にかけてくれているから、そういう言葉と態度に出るわけで、無関心や無視よりも、ずっといいことなのかもしれない。それにムカつくってのは、無関心や無視されることの冷酷さを知らない子どもだってことなのかもしれないな。

依田真人が、そんなことを考えていると、ローターヘリの眼下に、笠取峠《かさどりとうげ》が見えてきた。その先の長和町の国道百五十二号線沿いに、大きな白い建物が見えた。昔、道の駅〈マルメロの駅ながと〉という施設があったあたりだった。

「あれが甲信越中央シェルターの建設センターだよ」

中島の言葉とともに、ローターヘリは速度を落とし、ゆっくりと降下しはじめた。

〈ヘリポートに着陸したローターヘリのキャビンのドアが開き、流れこんできた外の空気を吸ったとき、依田真人は〝あ、信州の山の空気だ〟と感じた。

今まで宇宙船の中で呼吸してきた人工的に作られる大気と、さほど組成に違いがあるわけではないだろう。もし違いがあるとしたら、それは大気の中に含まれている山の匂い、水田の土の匂いや落葉広葉樹林の腐葉土の匂いなどが入り混じった、里山の匂いを含んでいるということなのかもしれない。

ヘリポートに降り立った依田真人を、地球連邦軍の治安部隊の責任者が出迎えていた。大尉の階級章をつけたその三十代の、ガッチリとした体型の男は、身辺警護要員の中村と名乗ったあとで、少し緊張した面持ちでこう付け足した。

「地球軍独立艦隊所属の尉官のかたは、地球上では佐官待遇となります。なんなりとお申しつけください！」

依田真人は少しあわてた。

「あ、そう……なんですか？　すみません。中学卒業と同時に、いきなり宇宙軍士官学校に入れられたので、連邦軍の礼式とか慣習とか、不慣れなもので……笑わないでください」

中村と名乗った警護員は少し優しい目になった。

「あ、いや、怖がらせたら申しわけない。わたしも少し緊張していたのでね。なんせ、地球軍独立艦隊の士官と言えば、地球人のエリートとして、遠い宇宙で異星人と共に戦った、雲の上の人、というか、普通の人間じゃない、という認識があったのですよ。あなたの実年齢は十六歳だということを失念しておりました」

「エリートとか、そんなふうに思われているのは知っていました。でも、ぼくは自分をそんなふうに思ったことはありません。ほかの星系に行って、宇宙船に乗って戦うことも、なんというか、自分にとっては当たり前、というか、それしか知らないだけなんです」

「なるほど……確かにそうでしょうね。でも、地球の人々の中で、それを理解できる人は少ないでしょう。人々は自分の脳内に作り上げたヒーローを、あなたに求めると思いますよ。なのですから。あなたがた地球軍独立艦隊の士官は、地球を救う、地球を守るヒーローいろいろ嫌なことがあるかもしれませんが、それはあなたに対する期待の表われだとお考えください。われわれは何があっても、あなたの身辺の平穏を守ります。この休暇をお楽しみください」

「わかりました、ありがとうございます」

依田真人はそう答えると、前に立って歩き出した中村大尉の広い背中を見ながら、休暇が始まる前に行なわれた訓示を思い出していた。

――今の中村大尉の言葉と同じようなことを、有坂司令長官も言っていたな……〝諸君らは見る者にとっての英雄を投影するスクリーンである。彼らは諸君らを見ようとはせずに、彼らの脳内にある理想の姿をきみたちに見るだろう。その虚像と実像の差は、そのまま失望と攻撃となって諸君らの上に振りかかるかもしれない……〟と。

そうだ、こうも言っていた……〝勝手なことを言いやがって！　とか、それは違う！　本当はこうだ！　とか、言い返したくなる時もあるだろう。だが、それを否定しても仕方がない。相手の誤解や思いこみを修正するには、手間と時間がかかるのだ。貴重な休暇の時間をそんなことに費やしてはならない。何を言われても、何があっても、自分が楽しむことを優先しろ。この長ったらしい上官の訓示が終わった瞬間から、きみたちはオフだ。その瞬間から四十八時間、きみたちはすべての責任から解き放たれる。思いきり羽根を伸ばし、やりたいことをやって、そして戻ってこい！　いいな！〟。

——そうだ。おれは今、オフだ。戦闘配置も半舷当直も何もない。おれは、おれの時間を自由に使えるんだ！

だが、そうはいかなかった。

ヘリポートを出て、建設センターの建物の中に入ると、背広姿のおっさんたちが、ずらりと並んで依田真人を待ち構えていた。

——は？　なんだ、この見るからに偉そうな面構えのおっさんたちは……。

訝しげな顔になった依田真人の前に、一見すると腰の低そうな、見るからに優秀な官僚、という雰囲気の痩せた男がやってきた。

「はじめまして、わたくし、日本自治政府評議会の長野地区選出評議委員秘書の、竹之内と申します。このたび、地球軍独立艦隊の士官としてご活躍された依田真人宇宙軍少尉閣下の、ご実家へのご帰還を祝して、地元選出議員である、羽多太蔵《はたたいぞう》先生のお声がけで、歓迎会をご用意してございます。依田真人さまには直接ご連絡をいたすことができませんでしたので、ご実家のほうにご連絡をいたしまして、ご実父さまのご承諾をいただきました。さあ、どうぞ、会場までご案内させていただきます」

「え？　あ？　は、はい……」

竹之内と名乗った秘書に先導され、偉そうなおっさんたちを引き連れて歩きながら、依田真人は胸の中で叫んでいた。

――休暇は四十八時間しかねえんだぞ！　勝手に了承してんじゃねえ！　クソ親父！

結局、依田真人が実家に戻ってきたのはそれから四時間ほど過ぎた、夕方に近い時間だった。評議員や町の顔役のおっさんたちは、夜の宴会も用意してあったらしいが、さすがにそれは断った。

歓迎会の会場から真人の家までは、連邦軍の身辺警護に使われる要人用の黒塗りの公用車で移動することになった。耐爆耐弾構造のその車は、後輪がダブルタイヤになっており、至近距離から五〇口径の機関銃で撃たれても弾丸が貫通しないらしい。安全性は確実だが、長野の片田舎を走ると、ひどく目立つ車でもある。

後部座席に乗って家の近くまで来たとき、依田真人は家の周りに人だかりがしているのに気がついた。

「なんだ、ありゃ……」

依田真人のつぶやきを聞きつけたのだろう、中村大尉が答えた。

「おそらく……マスコミと野次馬ですね」

「かんべんしてくれよ……おれは休暇なんだぜ？」

「地球軍独立艦隊の士官に対する取材は、すべて広報を通すことになっております。勝手に押しかけてきた連中を相手にすることはありません。われわれでなんとかします。ご安心ください」

中村大尉は耳元にある骨伝導端子に向かって、一言二言命令を発した。すると、依田真人の家の中から、白いシャツ姿の屈強な若者がぞろぞろと出てきて、マスコミの取材クルーらしい男たちを、押し出し始めた。

取材クルーは何やら文句を言っているが、男たちはまったく聞く耳を持たずに、一方的に排除していく。

「あれは……」

「わたしの部下です。トラブルになるといけませんので、制服を脱いで排除させました……ズボンは制服のままですが、上着を着ていなければ、言い逃れはなんとでもできますから」

「ご迷惑をおかけします」

依田真人が頭を下げると、中村大尉は、にやっと笑った。

「言ったでしょう？　われわれは何があっても身辺を警護すると。さあ、今のうちにご実家にお入りください。訪問客はこちらでシャットアウトしますので、ごゆっくり」

「ありがとうございます」

依田真人はそう言い残すと、連邦軍の公用車を降りて、家の前に集まって声をかけてくる顔見知りの近所の人たちに頭を下げながら、急いで家の玄関ドアの前に立った。

「ただいまー！」

中学生のころ、毎日学校から帰ってきたときと同じように声をかけながらドアを開けると、そこには父親と母親、そして姉が待っていた。

「おかえり、真人……よく帰ってきたね……」

母親は、半分泣いていた。

「ゆっくりしていけんだ？」

父親は気遣うように言った。

「よっ！　おかえり。有名人」

姉はいつものように無表情で、少しからかうような口調でそう言うと、すぐにリビングに引っこんだ。

その、いつもと変わらぬ姉の態度が、なんだかとても懐かしかった。

夕食を終えて自分の部屋に戻った真人は、ベッドの上に寝転がって、中学校のころに使っていた机の上にある学習用の端末や、椅子の背もたれにかかったままの通学用のリュックなどを、ぼんやり眺めていた。

中学生のころは、自分がこんなふうになるなんて思ったこともなかった。成績はごく普通。運動神経をはじめとして、とくに取り立ててとりえもない。ゲームは好きだったけど、FPSとかはまったくやったことがない。ただ、本だけは好きだった。といってもライトノベルくらいで、TRPGのリプレイとかが大好きだった。きっと、日本じゅうのどこにでもいる少しオタクっぽい中学生、それがおれだった。

十五歳になったときに、全国一斉でアロイスの適性検査とやらを受けさせられた。適性検査と言っても、ペーパーテストとか面接とかそんなものはいっさいなくて、ただ、目の前のスクリーンに表示される写真や映像、文字などを見るだけのもので、あれでいったい何がわかるんだろう？　と友達と話をしたが、結局わけがわかんないということで、すぐにそんな検査があったことも忘れてしまった。

呼び出し通知が来たのは、それから三カ月ほど過ぎた時だった。長野市まで行って、そこでバーチャルリアルのゲームをやらされた。棒で青と赤の風船みたいな鬼をやっつけて、迷路を出るというゲームだ。遊んで家に帰って一週間後に、宇宙軍士官学校に入学するように、という通知が来た。それからあとは、訓練と、そして実戦の繰り返しだった。

士官学校に入学してからしばらく過ぎたとき、おれは当直長だったアロイスの教官に、あのいちばん最初に受けた適性検査の意味を聞いたことがある。あの検査は、どれだけ連想が広がるのか、それを調べるものだったらしい。

たとえばバナナの映像を見せられたとき、人間の脳内にはバナナに関するさまざまな情報が無意識のうちに浮かんでくる。食べた時の記憶、色、匂い、原産地、バナナで作られた料理の種類、バナナはおやつに入りますか？　というジョーク……そういった、ありとあらゆる情報が、どれだけ同時に脳内に並ぶのか、それを調べることが目的だったらしい。アロイスの教官は、連想ができるということは、情報のリンクを自分の脳内で自由に繋いで広げていくスキルなのだとも言っていた。これはこういうものだと決めてかかってしまう人間にはそれができないのだ、とも……。

おれは、自分にそんなスキルがあるとは思ってもいなかった。というよりも、それが特別なことだとは思っていなかった。なぜなら、おれにとってそれは当たり前のことだったから……。

「運命なんて、わかんねえよな……」

真人がそうつぶやいたとき、部屋のドアをノックする音と、姉の声が聞こえた。

「起きてる？」

「起きてるよ、何か用？」

　ドアを開けて顔を出した姉は、手に持った汎用端末を見せて言った。

「あんたの中学校のころの同級生の衆《しゅう》らが、会って話がしてえって言っておいでなしてんけど、どうする？　行かず？」

「中学の時の同級生が？　そりゃあ、会ってみたいけど……どこで？　もう夜だよ？　うちは、呼ばった親戚の叔父さんたちと親父とで酒盛りが始まっちゃっているし……」

「丸子《まるこ》にファミレスがあるずら？　警護の軍人さんに頼めば、送ってってくれっかや？」

真人は顔をしかめた。

「あんな車で乗りつけるのは嫌だよ。目立つし、どうせロクなことを言われないもの……」

姉はうなずいた。

「確かにね。生意気《おじょうこ》だって、言われんは間違いないだね。まあ、偉くなっちまったんはホントだけんど……」

「なんだよ、姉貴までそんなこと言うのかよ」

唇をとがらせて文句を言う真人を見て、姉は笑った。

「拗ねるな《いぼっつんな》、うちが車で送ってってやるわ。通学用のエレコミュは二人乗りだでね」

そう言って部屋を出ていく姉の後ろ姿を見送ってから、真人はクローゼットを開けた。

姉が上田市内の高校への通学用に買ってもらったエレコミュとは、前後に二人で乗るタンデムタイプの四輪の小型電気自動車だ。自動運転装置で、ほとんど自動で走るようになっていて、十六歳から免許が取れる。

ドアを開けて運転席に乗りこんだ姉が運転免許をパネルの脇に置くと、ピッ！　という小さな電子音が鳴って、メインパネルに電源が入った。この時代、エレコミュに限らず、すべての車は、運転者が免許をスキャンさせないと起動しないようになっており、自動運転装置を解除する改造を加えると、罰金と免停になる。

自動運転装置は、自動車からスピードオーバーや、無理な追い抜きなどの危険運転を根絶させた。それに伴い、小排気量で小型のコミューターの免許取得条件は緩和された。アロイスが持ちこんだ高性能電池と制御装置によって、小型車の多くは電気自動車となり、特に都市部や農村部の狭い道路を走るために作られた、ジェット機の風防のような窓を持つ前後に二人乗りのタンデム型は、そのスタイリッシュな外見から、若者たちに大人気となっていた。

「おれを送っていったあと、姉貴はどうするの？　家に戻る？」

「うーんどうしようかな……学校は休みだし、上田の市内の友達でも呼ばって、お茶してるわ」

姉はそう答えると、汎用端末を操作して友人と話し始めた。

自動運転中は、電話をかけようが、本を読もうが自由だ。違反で捕まることはない。

真人を乗せたエレコミュは、ルルルルル……というモーター音と共に、夜の国道を滑るように走っていく。動力の一部はフローターコイルに送られ、シャーシから車体を浮かせているため、車体が路面の凹凸を拾うことはほとんどない。


丸子のファミレスに到着した真人は、駐車場でエレコミュを降りると、ファミレスの扉を開けて店内に入った。レジのあるカウンターの前で店の中を見まわすと、突き当たりの奥のほうで、誰かが手をふっているのが見えた。それは、中学のころの同級生、柳沢だった。よく見るとその周りにいるのは、みんな中学校の同級生たちだった。

真人のあとから店に入ってきた姉は、メニューを持ってやってきたウェイトレスに席が違うことを告げて、一人だけさっさと窓ぎわの席に行ってしまった。きっと友人と待ち合わせをしているのだろう。

奥のボックスに近づくと、中学の同級生たちが歓声を上げた。

「地球防衛のヒーローのご到着だで！」

みんな、大騒ぎだ。汎用端末の内蔵カメラで写真を撮るヤツもいる。仲のよかった柳沢が、自分のすわっているソファにいる仲間を手で押した。

「へえ、おまえら、もうちょっと向こうに詰めろや」

「詰めるから、そんな押しっこくるでねえよ」

柳沢が、隣にいた仲間が開けてくれたスペースを指さして言った。

「おう、依田、ここさ入れ」

「ああ、悪りぃな」

真人は、小さく頭を下げると、ソファにすわった。

「すごいな、宇宙軍のヒーローだもんな。軍隊の階級は少尉だっけ？」

「宇宙戦艦、乗ってるん？　でっけえやつ！」

真人は笑いながら首を振った。

「戦艦じゃないよ、駆逐艦ってヤツさ、戦艦よりええかん小さくて、足が早いだ」

「その駆逐艦の艦長ずら？　手下っちゅうか、部下はいるだ？」

「いるよ、人間じゃなくてドローンだけどね。人間は艦長のおれだけさ」

「なんか、すげえよな。おらほの同級生が宇宙船の艦長だなんて、信じられねえ」

「おらほの同級生じゃ、いちばん出世じゃね？」

「いきなりほかの星に行って、異星人と会って……なんて、普通の人間にはできねえもんな、そのへんの進学校なんかと比べ物にもならん」

柳沢が、目を輝かせて聞いてきた。

「おえ、戦争やってきたんだら？　どうだった？　怖かった？」

「怖いというか、無我夢中だよ。敵のビームは光の速度で飛んでくるから、見えた時にはもう当たってる。シールドってのを張って、敵のビームを吸収するんだけど、駆逐艦のシールドって薄いから、敵の戦艦とかに撃たれたら、一発で終わりなんだ。だけど、戦う時は何百隻って数の宇宙船でいっきに攻めるから、すごい数の敵と味方が入り混じって、何がなんだかわかんない、ってのが正直なところだね」

居並ぶ同級生たちは、目を丸くして真人の言葉を聞いている。

「モルダー星系の防衛戦にも行ったんでしょ？　ネットニュースで見たで、太陽が爆発すると、あんなひどいことになっちゃうんだね……地球は大丈夫なんかな？」

「ああ、見た見た！　あれすごかったよね。海が干上がって、水蒸気の爆発みたいなのが来て、山がゴンゴン崩れていくの……あれで、助かった人がいるん？」

真人はうなずいて見せた。

「地下シェルターに避難した人は、助かっているらしいよ。今、救出作戦が行なわれているみたいだ」

「長和に作ってるあそこ、長野県の県民全員入れるくらいでっかいって話だぜ。おらたちも、あそこに入んないといけんだな」

尾美早苗《おみさなえ》という名前の同級生の女子が、にっこり笑って言った。

「依田くんが、がんばって、粛清者《しゅくせいしゃ》やっつけてくれれば、地球は守られるんだよね？　がんばって、ずく出すだよ！」

〝ずくを出す〟というのは、信州弁で、根性を入れるとか、本気になるとか、そういう意味である。力ずく、の〝ずく〟だと思えばわかりやすい。

「ずく出せってのは、久しぶりに聞いたな……信州に帰ってきた、って感じでいいな」

真人が笑うと、早苗という女の子は、真っ赤になった。

「田舎もんだから……」

「馬鹿にしたわけじゃないよ。懐かしいなあ、と思っただけさ」

あわてて首を振った真人を見て、早苗は、ほっとしたように笑った。

「よかった……」

――中学のころから気になっていた子だけど、高校に行ったらいちだんとかわいくなったみたいだな……彼氏とかいるのかな？

真人がそんなことを考えていると、今までずっと黙ったまま、隅のほうにすわっていた、学級委員だった伊藤という男が、吐き捨てるように言った。

「宇宙軍の英雄とか言ってるけど、やってることは人殺しじゃないか……殺人を自慢げに吹聴するなんて、恥ずかしいと思わないのか？」

真人が何かを言う前に、柳沢が言い返した。

「は？　馬鹿じゃね？　戦争やってるんだで？　殺さなきゃ殺される。おまえ、惑星モルダーがどんなことになったか、見てねえのか？　依田が戦ってくんねえと、地球だってあんなふうになっちまうんだぞ！　シェルターだって、まだ全部は完成してねえんだ！　なのに、海王星の外側には、千隻以上の粛清者がやってきてるんだ！　遠いどっかの星のできごとじゃねえんだぞ！　粛清者はすぐそこに来てるんだ！　太陽系に！　何を馬鹿こいてんだよ！」

伊藤は、不機嫌そうに言い返した。

「わかってるよ！　おまえに言われなくてもそれくらい！　殺さなきゃ殺される。確かにそうだろう。でも、そんなのは殺人を正当化しているだけじゃないか！　人殺しに変わりはないだろうが！　おれはそのことを言ってるんだ！　こいつは人殺しだっていう事実をな！」

柳沢は、納得しなかった。

「おまえは、依田のことを人殺しだ！　と非難した。たしかにそのとおりだ。じゃあ、どうすればいい？　殺すことが悪いのなら、殺さなきゃいいだろう。で？　殺さなかったら、どうなる？　一方的に殺されて終わりじゃないか！　太陽を吸収されて、太陽系は死ぬ。地球は凍りついて、人類が生きていける星じゃなくなる。それでいいって言うのか？」

伊藤は言い返した。

「ああ、そうさ。殺すぐらいなら、殺されたほうがいいね。そっちのほうがずっといい！　恥ずかしくない！　おれは胸を張って殺されてやる！　尊厳ある死を選ぶ！　人殺しに守られたくはないね！」

真人が、言い返そうとしたとき、早苗が口を開いた。

「もう可哀相《かわいそう》らしいね……伊藤くんは」

早苗の言葉の意味がわからなかったのだろう、伊藤は聞き返した。

「なんだって？　どういう意味だ？」

早苗は伊藤の顔を正面から見て言葉を続けた。

「きっと今まで生きていて、何も楽しいことがなかったんだろうね。嬉しいことも、希望を持つことも何もなかったんだね……」

「な、何を馬鹿なことを……」

「馬鹿なことじゃないわ！　だって、そうじゃなきゃ、死んだほうがいい、なんて言えないもの！　わたしは死にたくないわ！　だって、生きていくことが楽しいもの！　友達と話をすること、老人ホームにいる祖父《じい》ちゃんと祖母《ばあ》ちゃんに会えること、お母さんが作ってくれるお弁当を食べること、みんなみんな、楽しくて仕方ない！　だから、だから、この世界が終わってほしくなんかない！　生きていたい！　生きていくためなら、なんでもする！　だって、わたしには未来があるもの！　小学生の弟にも、去年生まれた従兄弟《いとこ》の子にも、未来を用意してあげたいもの！　死んだほうがマシだなんて、口が裂けたって言えない！」

　早苗は、伊藤を指さした。

「カッコイイ知ったようなこと言ってるけど、あんたの言ってることは、ただの無責任よ！　人殺しをしたくない、生きるために戦うくらいなら殺されたほうがいい、そう思うのは勝手だわ。でも、そう思うなら、あんた一人でそう思ってればいいことよ！　その生きかたを人に押しつけないで！　正義の顔で、生きるために戦う人を貶《おとし》めないで！　わたしは、そんな生きかたを信じる人についていきたくはないわ！　そんな生きかたを信じる人にわたしの未来を決めてほしくないわ。わたしは、わたしを守ってくれる人についていくわ！　あんたは、依田くんを貶めたくて、そんなことを言っているだけよ！　自分より高いところに行っちゃった依田くんを、引きずりおろして、踏みつけたいだけよ！　違う？」

　伊藤の顔色は赤黒く染まった。

「う、うるさい！　勝手にしろ！　おまえらみたいな馬鹿とは、話ができないね！　おれは帰るぞ！　とめても無駄だからな！」

　早苗は、はあ？　という顔になって聞いた。

「とめるって？　だれぇが？　なんで？　理由は？」

「う……うるさい！」

伊藤は、青ざめた顔で、足音を立てて、ファミレスから出ていった。

「なんだ、あいつ……」

「あ、あの野郎、コーヒーとパンケーキの代金置いていきやがらなかった！　とんでもねえ野郎だな……」

「なんだかしらけさせちゃったし、悪いから、アイツの分はおれが払うよ……」

そう言った真人を見て、早苗は微笑んだ。

「なんだか……依田くんって、ねて《大人》いる《だ》ね」

「いや、大人とかそういうのじゃなくて、いちおうは給料もらってる身だしね……」

「あ、そうか、就職してるんだもんね……でも、やっぱりいいよ。これで自分の払いを依田くんが持ったなんて聞いたら、伊藤くんの立場がないから。アイツの分はみんなで割勘で払うから」

「そうか、悪いね……」

頭を下げた真人を見て、早苗や柳沢たちは口々に言った。

「おまえが謝ることじゃない」

「悪いのは伊藤だよ」

「アイツも昔はあんなふうじゃなかったんだけどな……」

「進学校に行ったけど、思ったように成績が上がらないって悩んでたみたいだぜ」

「アイツはアイツなりに、いろいろ思うこともあったってことか……」

「まあいいや、仕切りなおしだ！　なに頼む？　おれ、腹が減ってきちゃった」

「さっきピザ食ったばかりでねえの？　腹くちい、とか言ってたでねえか」

「あんな小さなピザ、一枚じゃ足りねえよ！」

真人は、中学校の時の同級生たちとよもやま話をしながら、夜のファミレスで楽しい時間を過ごした。

二時間ほど過ぎて、時間帯が深夜になる前に、同窓会はお開きになった。レジに向かう真人に、早苗が近づいてきたのは、その時だった。

「依田くん……」

「ん？　なに？」

「がんばってね……伊藤くんはあんなこと言ってたけど、あれ、きっと本心じゃないから……依田くんへのライバル心で言っちゃった言葉だと思うから……伊藤くんも、きっと依田くんを頼りにしてると思うから……」

真人は笑った。

「わかってる。ちゃんと、ずく出して、地球を守ってみせるよ」

早苗は少し赤くなった。

「……からかわないでよ、こんな田舎者……」

「きみが田舎者ならおれだって田舎者さ。宇宙で戦う田舎者だ」

早苗は笑った。

「田舎者ってすごいんだね……田舎者パワーでがんばって……死なないで」

「死なないよ、きっと帰ってくる。地球を守って、もう一度、ここに……」

真人の顔を見つめて、早苗はすっと小指を出した。

「帰ってくるって……言って、指切りして……」

「え？」

戸惑う真人を見て、早苗は言った。

「恥ずかしがらないで！　わたしだって恥ずかしいんだよ？　でも、精いっぱい、ずく出して言っているんだもの……」

真人は、大きく深呼吸してうなずいた。

「わかった。ずく出すのは、もう始まってるってことなんだな」

小指を出して、早苗の小さな細い小指と絡め、真人は言った。

「おれは必ず帰ってくる！　指切りげんまん……切ーった！」

指切りを終えた早苗は、両手で顔を覆った。耳の先が真っ赤だった。

帰りのエレコミュの中で、姉が笑いながら真人に言った。

「はあ、あの子はいい子だね。ああいう子はいい嫁さんになるで」

「なんだよ、見てたのかよ。やめろよ、おれはまだ十六だぞ」

「こういうのは、早いほうがええだよ。あとでわたしから声かけとくでね」

「……おもしろがってるだろ」

「ひひひ、わかる？」

「……ったくもう」

二人の姉弟を乗せたエレコミュは、夜の田舎道を走り続けていた。

後部座席にすわっていた真人は、屋根の上のほうまでまわりこんでいるドアの透明な超硬質アクリル製窓ガラスの外に広がる星空を見上げた。

その無数の輝きが散らばる星空の彼方では、粛清者の新たな転移攻撃が始まろうとしていた。

著者略歴　1958年静岡県生，作家
著書『〈蒼橋〉義勇軍、出撃！』『宇宙軍士官学校』（早川書房刊）『時空のクロス・ロード』『アウトニア王国奮戦記』『ご主人様は山猫姫』他多数

HM=Hayakawa Mystery
SF=Science Fiction
JA=Japanese Author
NV=Novel
NF=Nonfiction
FT=Fantasy

宇宙軍《うちゅうぐん》士《し》官学校《かんがっこう》
—前哨《スカウト》—
9

〈JA1210〉

二〇一五年十一月　二十　日　印刷
二〇一五年十一月二十五日　発行
（定価はカバーに表示してあります）

著者　鷹《たか》見《み》一《かず》幸《ゆき》
発行者　早川　浩
印刷者　矢部真太郎
発行所　株式会社　早川書房
郵便番号　一〇一‐〇〇四六
東京都千代田区神田多町二ノ二
電話　〇三‐三二五二‐三一一一（大代表）
振替　〇〇一六〇‐三‐四七七九九
http://www.hayakawa-online.co.jp

乱丁・落丁本は小社制作部宛お送り下さい。送料小社負担にてお取りかえいたします。

印刷・三松堂株式会社　製本・株式会社明光社

ISBN978-4-15-031210-7 C0193

本書は活字が大きく読みやすい〈トールサイズ〉です。